A

Die großen Romane
Band 2

»Wie in Georges Simenons Maigret-Romanen geht es um ein Verbrechen, ohne sich jedoch an die Regeln des klassischen Krimis
zu halten. Nicht der Fall steht im Mittelpunkt, es ist der Mensch,
der Simenon interessiert. Wie ist er zu dem geworden, der er ist?
Was treibt ihn dazu, jemanden zu töten? Wieso wird er böse? Was
braucht es, damit er Schuld auf sich lädt?«

Hansjörg Schertenleib im Nachwort

Georges Simenon, geboren 1903 im belgischen Lüttich, gestorben 1989 in Lausanne, gilt als der »meistgelesene, meistübersetzte,
meistverfilmte, mit einem Wort: der erfolgreichste Schriftsteller
des 20. Jahrhunderts« (*Die Zeit*). Seine erstaunliche literarische
Produktivität (75 Maigret-Romane, über 117 weitere Romane),
viele Ortswechsel, zwei Ehen und unzählige Frauen bestimmten
sein Leben. Rastlos bereiste er die Welt, immer auf der Suche nach
dem, »was bei allen Menschen gleich ist«. Das macht seine Bücher
bis heute so zeitlos.

Georges Simenon

Der Passagier der Polarlys

Roman

Aus dem Französischen
von Stefanie Weiss

Mit einem Nachwort
von Hansjörg Schertenleib

Atlantik

Die französische Originalausgabe erschien 1932 unter dem Titel
Le passager du Polarlys im Verlag Fayard, Paris.
Die deutsche Erstausgabe erschien 1935 unter dem Titel
Flucht nach dem Nordkap bei der Schlesischen Verlagsanstalt.

*Atlantik ist ein Imprint des
Hoffmann und Campe Verlags, Hamburg.*

1. Auflage 2024
Copyright © 1932 by Georges Simenon Limited
GEORGES SIMENON® Simenon.tm
All rights reserved
Copyright für die deutsche Übersetzung
© 1986 Diogenes Verlag AG, Zürich
Copyright für die deutschen Rechte
© 2018 Kampa Verlag AG, Zürich
Copyright für diese Ausgabe
© 2024 Hoffmann und Campe Verlag, Hamburg
www.hoffmann-und-campe.de
Umschlaggestaltung: © Rothfos & Gabler, Hamburg
Umschlagabbildung: © ullstein Bild
Satz: Dörlemann Satz, Lemförde
Gesetzt aus der Stempel Garamond und der Ano
Druck und Bindung: GGP Media GmbH, Pößneck
ISBN 978-3-455-00805-0

HOFFMANN
UND CAMPE

Ein Unternehmen der
GANSKE VERLAGSGRUPPE

1

Der Böse Blick

Er ist eine Krankheit, von der Schiffe in sämtlichen Weltmeeren befallen werden, und die Ursachen liegen im weiten Feld des sogenannten *Zufalls*.

Bisweilen sind die ersten Symptome gutartig, sodass sie der Aufmerksamkeit des Seemanns entgehen. Da zerspringt zum Beispiel grundlos ein Halteseil wie eine Violinsaite und reißt einen Ausguckträger ab. Oder der Schiffsjunge schneidet sich beim Kartoffelschälen in den Daumen, und am nächsten Tag hat er Nagelumlauf und schreit vor Schmerzen.

Es kann auch mit einem missglückten Manöver losgehen, oder ein unachtsames Boot läuft auf den Vorsteven auf.

Aber das ist noch nicht der Böse Blick. Der setzt eine Serie voraus, die selten ausbleibt. Die nächste Nacht oder der nächste Tag bringt fast immer einen neuen Schaden.

Von da an kommt eines zum anderen, und die Männer können sich nur noch ducken, die Zähne zusammenbeißen und die Schläge zählen. Natürlich wird sich die Maschine gerade jetzt verabschieden wie eine alte Kaffeemühle, nachdem sie dreißig Jahre lang ohne Panne gelaufen ist.

Trotz aller Erfahrungswerte, genauester Aufzeichnungen und Wetterkarten halten sich die Winde unter Umständen drei Wochen lang in einem Gebiet, in dem sich um diese Jahreszeit eigentlich kein Lüftchen regen dürfte.

Und dann … Der erste Brecher wird einen Mann über Bord spülen, und die Mannschaft bekommt Ruhr, wenn nicht gar die Pest.

Dabei kann man noch von Glück sagen, wenn man nicht auf eine Sandbank aufläuft, die vorher hundert Mal glücklich umschifft wurde, oder wenn man bei der Einfahrt in den Hafen *nicht* die Mole rammt.

Die Polarlys hatte am Kai 17 festgemacht, in einem der abgelegensten und schmutzigsten Hamburger Hafenbecken. Sie sollte um drei Uhr nachmittags auslaufen, wie auf der Anzeigentafel am Briefkasten der Gangway vermerkt war.

Es war noch vor zwei, als Kapitän Petersen das undeutliche Gefühl hatte, der Böse Blick gehe um.

Dabei stand Petersen mit beiden Beinen auf der Erde – ein kleiner, energischer und robuster Mann. Seit neun Uhr morgens ging er auf Deck auf und ab und überwachte das Stauen der Ladung.

Über dem Hafen lag ein eigentümlich gelblich grauer und schmieriger Nebel, der eisige Feuchtigkeit ausspie, und durch die Schwaden konnte man nur selten einen Blick auf die Lichter der Straßenbahnen und die erleuchteten Fenster erhaschen.

Es war Ende Februar. Wegen der Kälte hinterließen die Nebelschwaden, in denen die Männer hantierten, eine Art eisigen Film auf Gesicht und Händen.

Die Sirenen heulten alle gleichzeitig, und ihr hässliches heiseres Tuten übertönte das Quietschen der Kräne.

Das Deck der Polarlys war fast ausgestorben: Da waren nur vier Mann oberhalb des vorderen Laderaums, die damit beschäftigt waren, die Flaschenzüge zu bedienen und Kisten und Fässer zum Aushaken nach unten zu dirigieren.

Hatte Petersen bei der Ankunft von Vriens, so gegen zehn, eine Vorahnung des Bösen Blicks bekommen?

Das Schiff machte nicht viel her. Es war ein Dampfschiff von etwa tausend Tonnen, das nach Kabeljau stank, und auf Deck stand ständig Frachtgut herum. Es verkehrte regelmäßig zwischen Hamburg und Kirkenes, immer der norwegischen Küste entlang, wobei es auch die unbedeutendsten Häfen anlief.

Die Polarlys war ein kombiniertes Fracht- und Passagierschiff. Sie bot Platz für mindestens fünfzig Personen in der ersten Klasse und noch einmal so viele im Zwischendeck. Sie beförderte Maschinen, Obst und Pökelfleisch nach Norwegen und kehrte mit Tonnen über Tonnen von Kabeljau zurück, sowie Bärenfellen und Robbentran aus dem hohen Norden.

Bis zu den Lofoten waren mehr oder weniger normale Wetterverhältnisse zu erwarten. Danach jedoch war man plötzlich im Bereich des Eises, und es stand eine fast dreimonatige Nacht bevor.

Die Offiziere waren Norweger. Tüchtige Jungs, die von vornherein wussten, wie viel Fässer bei Olsen und Cie. in Tromsø an Bord kamen und für wen die in Hamburg geladenen Werkzeugmaschinen bestimmt waren.

Noch am selben Morgen hatte Petersen den letzten Armeistreifen, der nur noch an einem Faden hing, von seiner Uniform abgerissen.

Und da schickte ihm die Reederei, mit ellenlangen Empfehlungen versehen, einen neunzehnjährigen Holländer! Ein schmales und mageres Bürschchen, das wie sechzehn wirkte.

Er hatte diese Woche erst die Marineschule in Delfzijl beendet. Gestern Abend hatte er sich vorgestellt – blass, aufgekratzt, in einer grauenvoll korrekten Uniform, und hatte vor Petersen strammgestanden: »Zu Diensten, Herr Kapitän!«

»Im Augenblick«, hatte Petersen gesagt, »brauche ich Ihre Dienste nicht, *Herr* Vriens. Sie haben bis morgen frei. Als Dritter Offizier werden Sie sich um das Einschiffen der Passagiere kümmern.«

Vriens war fortgegangen und die ganze Nacht weggeblieben. Um zehn Uhr morgens sah ihn der Kapitän schwankend einem Taxi entsteigen mit einem Gesicht wie Braunbier und Spucke, verquollenen Lidern und ängstlichem Blick. Als er das Deck überquerte, konnte er gerade noch ein Taumeln vermeiden.

Petersen wandte sich ab; er hörte, wie Vriens hinter ihn trat, grüßend die Hacken zusammenschlug und sich dann zu seiner Kabine wandte.

»Dem ist hundeelend«, hatte der Steward ihm später berichtet. »Einen Kaffee hat er verlangt, aber einen ganz starken … Er liegt stocksteif auf seinem Bett und bringt kaum einen ordentlichen Satz zusammen. Wenn man dem ein Streichholz vor den Mund hält, fängt sein Atem Feuer!«

Natürlich, eine Katastrophe war das nicht … Aber wenn man es nun mal gewohnt ist, mit seinen Offizieren vertrauten Umgang zu pflegen, ist man nicht begeistert, einen solchen Burschen auftauchen zu sehen – noch dazu, wenn einem von der Reederei schriftlich nahegelegt wurde, ihm den Anfang leicht zu machen.

Mit neunzehn hatte er, Petersen, zwar keine Ausbildung auf der Marineschule beendet, war dafür aber schon dreimal um die Welt gefahren!

Er hätte es schon vorher sagen können. Die Serie begann. Während er, die Hände in den Taschen, die Pfeife im Mundwinkel, einen Rundgang über das Schiff machte, fiel sein Blick auf einen rothaarigen Menschen, der an der Reling lehnte und sich eine Zigarette drehte. Der Mann grüßte ihn knapp mit einem unbestimmten Kopfnicken, während er in den Taschen nach Streichhölzern kramte.

Einer von diesen Typen, wie sie überall in den Häfen herumlungern, ganz klar. Offenbar ein Tramper aus nördlicheren Breiten, irgendwie schon von weitem zu erkennen. Noch keine vierzig, der Mann – groß, kräftig und von gesundem Aussehen trotz der etwas eingefallenen Wangen und des acht Tage alten Barts.

Er fühlte sich schon ganz zu Hause … Er rauchte in kurzen Zügen, und seine Brust hob und senkte sich unter dem alten Uniformhemd, an das er andere Knöpfe angenäht hatte.

»Was machst du hier?«

Der Mann wies mit dem Kinn auf den Leitenden Ingenieur, der gerade das Deck überquerte.

»Hans hat vorhin seinen Malariaanfall bekommen«, erklärte er dem Kapitän. »Ich muss ihn an Land zurücklassen. Und als der Mann da am Kai stand, habe ich ihn als Kohlentrimmer angeheuert. Er ist robust und …«

»Hat er Papiere?«

»Seine Papiere sind in Ordnung. Er ist grade aus dem Kölner Gefängnis entlassen ...« Und er entfernte sich lachend.

»Von mir aus«, brummte Petersen vor sich hin. Es war ihm völlig egal, ob er einen Kohlentrimmer hatte, der gerade aus dem Knast kam. Kohlentrimmer muss man nehmen, wie sie kommen ... Aber dieser Mensch war ihm von Kopf bis Fuß unsympathisch. Während Petersen weiter auf und ab ging, beobachtete er den anderen verstohlen.

Die meisten deutschen Tramper haben dieses selbstbewusste Auftreten; Bescheidenheit oder gar Scham sucht man bei ihnen vergeblich. Und der hier hatte obendrein noch etwas Ironisches im Blick.

Er merkte, dass Petersen ihn beobachtete. Er rauchte weiter, ab und zu klebte er mit Spucke das aufgeweichte Papier seiner Zigarette fest und betrachtete den Rauch, der sich im Nebel verlor.

»Wie heißt du?«

»Peter Krull ...«

»Und was hast du gemacht, dass du gesessen hast?«

»Das letzte Mal gar nichts! Das war ein Justizirrtum.« Er sprach gelassen, mit etwas schleppender Stimme, und der Kapitän beließ es dabei.

Im Übrigen riss im gleichen Augenblick ein Seil, und ein in einer riesigen Kiste steckender Traktor fiel aus sechs Metern Höhe in den Laderaum hinunter.

Der erste Passagier tauchte auf, aber Petersen sah von ihm nur einen grauen Mantel und einen grünen Koffer.

»Wo ist Vriens?«, fragte er den Steward. »Ich hoffe,

ich muss mich nicht auch noch um das Einschiffen kümmern!«

»Er sitzt vor seinen Listen im Salon.«

Es stimmte, Vriens hatte sicherlich einen Brummschädel und einen verdorbenen Magen, aber er war auf seinem Posten. Er empfing den Passagier, notierte die Angaben in seinem Pass und wies ihm eine Kabine zu.

In den beiden letzten Stunden vor dem Auslaufen ging es wie immer drunter und drüber. Die Laster mit der Fracht trafen zu spät ein; die Kräne schafften es nicht schneller.

»Dann eben nicht! Was nicht rechtzeitig geladen ist, bleibt zurück!« Die übliche Drohung, die auf niemand mehr Eindruck machte.

Ein weiblicher Passagier, gefolgt von einem Träger, kam an Bord. Die Polizei diskutierte mit Vriens, der bei den Formularen eine Spalte auszufüllen vergessen hatte.

Beim ersten Glockenschlag war der Weg vor der Polarlys frei. Als sie fünf Minuten später aber die Leinen losmachten, war es einem großen englischen Tanker eingefallen, sich quer zu legen, und sie konnten nur mit einigen komplizierten Manövern auslaufen.

Ein motorisierter Elbkahn mit einem einzigen Mann an Deck, der pfeiferauchend am Ruder lehnte, fuhr tief unten ungerührt seines Weges.

Die Polarlys streifte ihn. Der Kahn tauchte mit der Hälfte des Decks ins Wasser ein, und es grenzte an ein Wunder, dass er inmitten der schwarzen Schiffsrümpfe der Frachter, die sich ringsumher wie Wände auftürmten, seine Fahrt fortsetzen konnte.

Auf der Elbe die reinste Prozession. Drei Reihen von

Schiffen, die jeweils eine Schlange bildeten. Und das bei einem Nebel, bei dem man noch nicht einmal den Flaggenstock des Vordermanns erkennen konnte. Dazu all die Sirenen, die untereinander wütende Gefechte ausfochten: Schnellere Schiffe wollten die anderen überholen. Dazwischen Segelschiffe, die bei dem Wetter keine Fahrt machen konnten. Ihre fahle Fock tauchte unvermittelt vor dem Vordersteven auf, und man musste ausweichen.

Halbe Kraft voraus ...! Maschine stopp ...! Zurück ... Maschine stopp ...! Halbe Kraft voraus ...

Der Maschinentelegraf klingelte, und sie arbeiteten sich ruckweise in der eisigen Milchsuppe voran.

Um sieben Uhr waren sie immer noch auf dem Fluss, und das Leuchtfeuer von Cuxhaven, das endlich das offene Meer ankündigte, war noch nicht in Sicht.

Petersen kam von der Kommandobrücke herunter, wo noch der Zweite Offizier und der Lotse ihren Dienst versahen. Dem Kapitän dagegen stand eine andere Fron bevor: Der Vorsitz beim Dinner der Passagiere.

Der Steward ging von einem Gang zum anderen und betätigte nachhaltig seinen Gong; er wusste aus Erfahrung, dass es die Passagiere am ersten Tag nie eilig haben.

»Fünf Gedecke?«, fragte Petersen.

»Ja. Eine Dame und drei Herren. Ach, da ist ja die Dame ...«

Sie bewegte sich gewandt auf ihn zu, eine Zigarettenspitze aus Jade zwischen den Lippen. Sie hatte sich wie für ein Dinner an Bord eines großen Luxusliners zurechtgemacht und sah aus, als sei sie unter ihrem schwarzen Seidenkleid nackt.

Sie war ein merkwürdiges kleines Persönchen – schmal, nervös, mit aufreizenden Bewegungen, und sie gab dank verschiedenster kosmetisch-modischer Tricks eine besonders auffallende Erscheinung ab.

Ihr Haar war blond und fein wie bei einem Baby. Es war durch einen Mittelscheitel geteilt und fiel in einer einzigen Welle auf die Wangen herunter, wodurch das längliche Oval des Gesichts noch unterstrichen wurde. Die Augen waren dunkel. Und um den Kontrast noch stärker hervorzuheben, hatte sie die Wimpern schwarz getuscht. Der Mund war schmal, und sie hatte sehr hoch angesetzte, sehr kleine Brüste.

»Herr Kapitän?«, wandte sie sich leise und mit fragendem Unterton an Petersen.

»Ja. Kapitän Petersen.« Er hatte nur eine Katzenwäsche gemacht, und das dichte Haar hätte einen Kamm vertragen. »Wenn Sie Platz nehmen wollen …«

Sie kam der Aufforderung nach und wählte ungezwungen den Platz, der ihr zustand: zur Rechten des Kapitäns.

Ein weiterer Passagier trat ein und drückte Petersen die Hand. »Dreckswetter!«, sagte er automatisch.

Es war Bell Evjen, der Bergwerksdirektor von Kirkenes, der jedes Jahr einmal nach London und nach Berlin fuhr und vor einem Monat mit der Polarlys gekommen war. Er betrachtete die junge Frau interessiert.

Im nächsten Moment verneigte sich ein weiterer Passagier wortlos vor jedem der anderen Reisenden; ein hochgewachsener junger Mann mit kahlrasiertem Schädel, ohne Brauen und Wimpern, der eine Brille mit so starken Gläsern trug, dass seine Augen unverhältnismäßig vergrößert erschienen.

»Tragen Sie auf, Steward! Und klopfen Sie dann an der Tür unseres fünften Passagiers ...«

Ein Platz war nämlich noch unbesetzt. Die Mahlzeit wurde auf skandinavisch serviert: Suppe, warmes Entree, danach eine Unmenge kalter Platten; Wurst, Pökelfleisch, Dosenfisch und schließlich Kompott und Käse.

»Die 18 antwortet nicht.«

»Sagen Sie dem Dritten Offizier, er soll sich um die Sache kümmern.«

Zweimal ging Petersen an Deck, weil ein plötzliches Abstoppen der Maschine ihn beunruhigte. Immer das Gleiche: Nebel, ein Frachtdampfer hinter dem anderen, Sirenengeheul, Tuten und Pfeifen.

Die Mahlzeit wurde schweigend eingenommen. Zwischen zwei Gängen steckte sich die junge Frau eine Zigarette an, und sie benutzte ein Feuerzeug, das ein Meisterwerk der Goldschmiedekunst war. Nach Ansicht von Petersen war sie, wie auch der Passagier mit dem glattrasierten Schädel, deutscher Nationalität.

»Der Kaffee wird Ihnen im Rauchsalon serviert!«, sagte er schließlich und erhob sich mit dieser Redewendung, die er seit nunmehr zwölf Jahren bei jeder Reise wiederholte.

Er stand draußen im Gang vor seiner Kajüte und stopfte sich seine Pfeife, als die Blonde an ihm vorüberkam und den Aufgang zum Rauchsalon hochstieg. Die ganze Zeit über starrte er auf ihre Beine, die unter der schwarzen Seide sehr aufreizend wirkten, und über den schmalen Knien blitzte sogar ein Stückchen nacktes Bein auf.

»Nun, *Herr* Vriens?«

Der junge Mann nahm automatisch Haltung an. Seine

Lippen zuckten. Er machte sich stocksteif, als ob ihm plötzlich etwas Schreckliches zugestoßen sei. »Der Passagier ist nicht aufzufinden«, meldete er. »Und doch ist das Gepäck in seiner Kabine ...«

»Wie heißt er?«

»Ernst Ericksen. Kommt aus Kopenhagen ... Ich habe ihn noch weniger als eine Stunde vor Abfahrt gesehen!«

»Ein Mann in grauem Mantel, mit grünem Koffer?«

»Ja, genau! Ich habe ihn überall gesucht.«

»Er wird noch mal an Land gegangen sein, Zeitungen zu kaufen oder so, und hat die Abfahrt verpasst.«

Evjen und der junge Mann mit der Brille waren in ihre Kabinen zurückgegangen. Die blonde Dame war allein im Rauchsalon, und da hörte Petersen, wie sie einen kleinen hohen Schrei ausstieß. Eine Tür wurde zugeschlagen. Die Gestalt im schwarzen Seidenkleid erschien auf dem oberen Treppenabsatz.

»Kapitän ...« Sie wirkte erregt, versuchte jedoch, sich ein Lächeln abzuringen, und hielt beide Hände an die Brust gepresst, wie um ihr Herzklopfen zu beschwichtigen.

»Was ist los?«

»Ich weiß nicht ... Wahrscheinlich dumm von mir, so zu erschrecken ... Ich war gerade in den Rauchsalon gekommen. Der Kaffee und die Tassen standen auf dem Tisch, und da habe ich mir schon mal eingegossen. Im selben Augenblick kommt es mir so vor, als höre ich ein Geräusch hinter mir ... Ich drehe mich um und sehe einen Mann, der mir bisher noch nicht begegnet war. Er hat selbst einen Schreck bekommen, ganz bestimmt, denn er ist aufgestanden und davongelaufen ...«

»Wohin, in welche Richtung?«

»Hier, durch diese Tür … Sie führt zum Promenadendeck, nicht wahr?«

»Hat er einen grauen Mantel getragen?«

»Grau, ja … Dann hab ich geschrien. Was soll das bedeuten, warum ist er weggelaufen?«

Petersen hatte das Gefühl, dass sie sich mehr an Vriens als an ihn selbst wandte, während sie sprach. »Sehen Sie mal nach!«, befahl er ihm.

Vriens kam der Aufforderung betont langsam nach, vor allem auf Höhe der blonden Dame, die er im Vorübergehen unweigerlich streifen musste.

»Beruhigen Sie sich, Madam … Das wird sich bestimmt aufklären.«

Ihr Gesicht hellte sich bereits wieder auf. »Muss ich etwa allein bleiben im Rauchsalon?«, meinte sie mit einem koketten Lächeln.

»Ihre Mitreisenden werden sicher gleich nachkommen …«

»Und Sie, Kapitän? Trinken Sie keinen Kaffee?«

Er roch ihr schweres Parfüm, und er hätte schwören können, dass er die von ihrem Körper ausgehende Wärme spürte. Während sie kurz darauf den Kaffee einschenkte, besah er sich ihre Figur, und als sie sich zu ihm umdrehte, rückte er sich gerade mit gerötetem Gesicht die Krawatte zurecht.

Darauf betrat Evjen den Salon.

Der Rauchsalon war für etwa fünfzig Personen gedacht; er war bequem, wirkte aber etwas kalt wegen der sehr hellen Eichentäfelung. Als Petersen aufstand, saß Evjen in der einen Ecke, hatte Handelsdokumente aus seiner Aktentasche gezogen und machte sich Notizen. In der gegenüberliegenden Ecke saß der junge Mann mit Brille und las das ›Berliner Tageblatt‹.

Die Blonde saß von beiden gleich weit entfernt. Sie hatte winzige Patience-Karten auf dem Tisch ausgelegt und fing mit einem Spiel an. »Könnten Sie mir Feuer geben, Kapitän?«

Petersen musste umkehren. Sie streckte ihm ihre lange Zigarettenspitze entgegen, wobei sie sich so vornüberneigte, dass Petersens Blick in ihren Ausschnitt fiel und über den Brustansatz wanderte.

»Danke ... Kommen wir jetzt ins offene Meer?«

»Wir sind kurz vor Cuxhaven, ja! Und ich muss auf die Brücke zurück ...«

Aus der Nähe hatte sie unübersehbar schlaffe Gesichtszüge und verquollene Augen wie jemand, der eine oder mehrere Nächte nicht geschlafen hat. Genau wie Vriens. Und da war, ebenfalls wie bei Vriens, immer wieder ein unerwartetes Zucken um ihre Lippen ...

Auf der Brücke wurde Petersen bereits vom Dritten Offizier gesucht. Vriens wirkte so aufgelöst, dass sein Gesicht wie verweint aussah.

»Haben Sie ihn gefunden?«

»Nein. Er hält sich versteckt, so viel ist sicher ... Obwohl, ich hatte noch drei Mann mitgenommen ... Aber darum geht es eigentlich nicht ...«

Petersen sah ihn wenig aufmunternd an. »Nun? Worum dann?«

»Ich wollte Ihnen sagen, Kapitän, dass ... dass es mir unendlich leid tut, was ...« Die Stimme versagte ihm; Tränen stiegen ihm in die Augen. »Nur ein dummer Zufall, ich schwör's Ihnen. Ich habe bisher nie getrunken. Und heute Nacht ... Ich kann's Ihnen nicht erklären, aber ... Mir ist der Gedanke unerträglich, dass Sie glauben ...«

»Ist das alles?«

Der andere wurde so weiß, dass Petersen einen Anflug von Mitleid hatte. »Gehen Sie und legen Sie sich hin! Morgen sieht alles anders aus.«

»Glauben Sie etwa, ich bin noch betrunken? Ich gebe Ihnen mein Wort, dass ...«

»Gehen Sie!«

Petersen zog seine Ziegenfelljacke über und ging zu dem Lotsen hinüber, während wenige Meter entfernt das grüne Steuerbordlicht eines Frachters vorüberglitt, der in entgegengesetzter Richtung fuhr. »Sind wir noch nicht da?«

Der Mann hob die linke Hand und wies in die Nacht hinaus. »Cuxhaven«, brummte er. Er war Elbe-Lotse und musste im Leuchtfeuer von Cuxhaven in ein kleines Motorboot umsteigen, das hier auf ihn wartete.

Kapitän Petersen goss ihm im Kartenhaus den traditionellen Schnaps ein, während sie ein paar belanglose Worte wechselten. Und als die Motoren langsamer wurden und bald darauf gänzlich stillstanden, kippten sie ein zweites Glas.

Bald darauf wurde in dem Nebel über der Wasseroberfläche ein Glühwürmchen sichtbar. Es sah weit entfernt aus und hatte sich doch in der nächsten Sekunde in eine in allen Einzelheiten erkennbare Acetylenlampe verwandelt. Und gleich danach vernahm man unterhalb der Jakobsleiter einen Stoß gegen den Schiffsrumpf.

»Gute Nacht!« Ein Händedruck.

Der Steward war dabei, den Speisesaal aufzuräumen. Die drei im Rauchsalon saßen jeweils über acht Meter voneinander entfernt und nahmen weiterhin nicht groß Notiz voneinander, obwohl Evjen der jungen Frau öfters einen Blick zuwarf.

»Hallo, Käpt'n!«, kam es von unten, wo der Lotse gerade das Schiff betreten hatte. »Für Sie!«

Petersen hatte sich über die Reling gebeugt und nahm in dem Boot unten eine fremde Gestalt wahr: Einen Mann im Ulster, der einen großen Koffer in der Hand hielt.

»Was wollen Sie?«

»Erkläre ich Ihnen gleich ...«

Sie mussten dem Mann die Leiter hinaufhelfen. Als er dann auf Deck stand, blickte er voller Unruhe um sich. »Polizeirat von Sternberg«, stellte er sich vor. »Ich habe das Schiff in Hamburg nicht mehr bekommen und bin im Wagen bis hierher gefahren ...«

Er war ein Mann von etwa fünfzig mit Spitzbart und buschigen Augenbrauen, was zusammen mit dem farblich undefinierbaren und die Gestalt verhüllenden Ulster ein ganz merkwürdiges Bild abgab.

»Ich esse in meiner Kabine«, fuhr er fort, als die Polarlys die Fahrt wieder aufnahm. »Wenn sich die Passagiere bei Ihnen erkundigen ...«

»Ich habe insgesamt drei!«

»Wenn die Passagiere sich deswegen bei Ihnen erkundigen, dann sagen Sie, dass ich krank und im Bett bin ... Geben Sie ihnen einen anderen Namen an ... Wolf, zum Beispiel, Herbert Wolf, Pelzhändler ... Ich bezahle Ihnen die Fahrt.«

»Sind Sie mit irgendwelchen Ermittlungen beauftragt?«, fragte Petersen, dessen schlechte Laune noch zugenommen hatte. »Ist hier jemand an Bord, der …«

»Polizei*rat* habe ich gesagt. Nicht Inspektor.«

»Trotzdem …« Kapitän Petersen war nicht ganz unbekannt, dass Polizeirat in Deutschland ein einflussreiches Amt bei der Schutzpolizei ist und folglich auch nichts mit Kriminalfällen zu tun hat.

Trotzdem – allein die Tatsache, dass die Polizei eingeschaltet war, stimmte ihn grimmig. Er war der Kapitän, und er wollte Herr an Bord seines Schiffes bleiben. »Na bitte, tun Sie, was Sie für richtig halten«, brummelte er. »Übrigens, wenn es sich um einen gewissen Ernst Ericksen handelt, der Ihnen Kopfschmerzen macht, dann will ich Ihnen lieber gleich sagen, dass er nicht aufzufinden ist … Einfach verschwunden! Er hält sich Gott weiß wo versteckt, obwohl er seine Fahrt bezahlt hat und das Gepäck in seiner Kabine steht … Steward!«, rief er nach hinten. »Sie führen den Herrn in eine freie Kabine und servieren ihm … Sie servieren Herrn Wolf dort sein Essen.« Er wandte sich an den Mann im Ulster: »So war's doch gedacht, nicht wahr?«

Petersen war für sechs Uhr als Wache eingeteilt und hätte schon längst schlafen sollen. Er ging in seine Kajüte und legte sich ins Bett, lauschte im Unterbewusstsein aber auf das Kommen und Gehen im Gang.

Er hörte zum Beispiel, wie Evjen und der Passagier mit dem kahlgeschorenen Schädel sich in ihre Kabinen zurückzogen. Es war nach Mitternacht, und er hatte die Tür der jungen Frau immer noch nicht gehen hören. Er läutete nach dem Steward.

»Sind alle Passagiere in ihren Kabinen?«

»Nicht alle ... Da ist noch die Dame ...«

»Legt sie immer noch Patiencen?«

»... 'zeihung! Sie geht auf Deck spazieren, und zwar mit ...«

»Mit wem?«

»Mit Herrn Vriens!«

»Hat er die Frechheit besessen, ihr im Rauchsalon nachzusteigen?«

»Nein! Er war in seiner Kabine. *Sie* hat mich gebeten, ihn zu ihr zu schicken ...«

Kapitän Petersen drehte sich schwerfällig in seiner Koje um und knurrte dem Steward noch etwas Unverständliches zu. Der wartete noch einen Moment und zog sich dann zurück.

2

Der sonderbare Passagier

Petersen hatte schon seit längerem seinen Wachdienst versehen, als am nächsten Morgen gegen neun der erste Passagier auftauchte.

Es war Sonntag. Im Prinzip verlief das Leben an Bord der Polarlys so wie an anderen Tagen auch. Und doch lag irgendetwas Undefinierbares in der Luft, durch das sich dieser Tag von anderen Tagen unterschied.

Das Thermometer war in den frühen Morgenstunden auf Null oder sogar etwas darunter gefallen. Als Petersen, unrasiert und ungewaschen, in seiner Ziegenfelljacke die Wache angetreten hatte, war noch eine Art Regenstaub in der Luft, der sich bei Tagesanbruch in einem Film weißer Kristalle auf Deck niedergeschlagen hatte. In der Sonne waren die winzigen Körner dann aber rasch verschwunden.

Eigenartige Sonne ... Unmöglich, hineinzuschauen. Und trotzdem wärmte sie nicht, stimmte noch nicht einmal fröhlich. Der Wind war frisch, und das Glitzern auf dem Wasser stach in die Augen wie gleißendes Weißblech.

Sie fuhren parallel zur nördlichen dänischen Küste, allerdings so weit draußen, dass kein Land in Sicht war.

Der junge Mann mit der Brille war der erste Passagier, der aufgestanden war. Er trug Golfhosen, einen Pullover und hatte seine Jacke unter den Arm geklemmt.

Arnold Schuttringer, Ingenieur, wohnhaft in Mannheim, las Petersen, der die Passagierliste bei sich hatte.

Schuttringer sah sich erst etwas um und entschied sich dann für das Vordeck. Er legte seine Jacke auf das Spill und begann mit einer Reihe aufeinander abgestimmter gymnastischer Übungen, methodisch, unverdrossen, mit hartnäckigem Gesichtsausdruck. Er hatte seine Brille abgesetzt, und seine Augen waren jetzt normal groß. Demnach wurden sie nur durch die konvex geschliffenen Gläser so vergrößert.

Der Kapitän war allein auf der Brücke. Weiter hinten stand der Steuermann unbeweglich in seiner Glaskabine, beide Hände am Messingrad und den Blick starr auf den Kompass gerichtet.

Ein Küchenjunge in weißer Kochmütze kam über das Deck, um Abfall ins Meer zu werfen. Er erblickte den jungen Deutschen und brauchte eine Weile, sich von seiner Verblüffung zu erholen, da der Passagier jetzt flach auf dem Rücken lag, sich im Takt und wie ein Automat ausstreckte und wieder aufrichtete, und dabei immer wieder ein befriedigtes ›Ha!‹ ausstieß.

Es gab übrigens noch jemand, der diese Turnübungen beobachtete, und Petersen verzog verärgert das Gesicht, als er den Mann sah: Peter Krull, der Kohlentrimmer.

Er saß bei der Deckluke des Mannschaftsraums, und an der Unterlippe klebte eine Zigarette.

Er hatte ganze zwei Stunden frei, und für gewöhnlich machen sich die Leute aus dem Maschinenraum wegen einer so kurzen Zeit nicht die Mühe, sich zu waschen und auch noch umzuziehen.

Krull jedoch hatte den Arbeitsanzug abgelegt. Er hatte seine Mütze aufbehalten, trug aber die alte Uniformjacke, unter der die nackte Brust mit dem dichten roten Haar zum Vorschein kam.

Es gab keine Vorschrift, die ihm den Aufenthalt hier untersagte – beziehungsweise war es so, dass die Mannschaft im Winter, wenn es nur wenig Passagiere gab, auch an Deck durfte. Krulls Aussehen fiel Kapitän Petersen noch mehr auf als tags zuvor. Genauer gesagt, es wurde ihm dabei unbehaglich. Es war jene Art von Unbehagen, die einen wegsehen lässt, wenn man in den Augen eines Tieres von angeblich niederer Gattung Intelligenz zu erkennen glaubt.

Vielleicht hatte Krull trotz seines Abstiegs in seiner Haltung zu viel Ungezwungenheit, Selbstsicherheit, wenn nicht gar Eleganz bewahrt?

Er ließ Schuttringer nicht aus den Augen. Der Deutsche fing den Blick Krulls übrigens auf, als er mit seinen Übungen am Ende war und seine Jacke überzog. Der Kapitän glaubte in seinem Gesichtsausdruck gleichfalls ein gewisses Unbehagen zu lesen; jedenfalls entfernte sich der junge Mann mit großen Schritten, ohne sich nochmals umzudrehen.

Wenig später kam Evjen den Aufgang zur Brücke herauf, um dem Kapitän die Hand zu drücken – wie immer, wenn er an Bord war.

»Gut geschlafen?«

»Nicht schlecht ... Sagen Sie, stimmt es, dass wir einen kranken Passagier haben?«

»Stimmt, jaja, einen Kranken«, stieß Petersen zwischen den Zähnen hervor. »Was gibt's, *Herr* Vriens?«

Der Dritte Offizier war nämlich gleichfalls aufgetaucht, übrigens kaum weniger aufgelöst als tags zuvor.

»Ich bin vorhin durch den Laderaum gegangen«, sprudelte Vriens heraus, »und da habe ich hinter den Kisten ein Geräusch gehört. Ich habe den Passagier gesehen …«

Schweigen. Evjen sah den Kapitän an, um zu ergründen, was er von der Sache halten sollte.

»Na hören Sie mal, Vriens!«

Vriens zitterte und fuhr sogar zusammen wie einer, der eine Gefahr wittert.

»Um wie viel Uhr sind Sie heute Nacht zu Bett?«

»Ich … Ich weiß nicht.«

»Dann will *ich* es Ihnen sagen! Um zwei Uhr nachts sind Sie noch auf Deck herumspaziert! Und die Nacht davor hatten Sie nicht geschlafen! Und noch eine Nacht zuvor waren Sie auf Reisen!«

»Was wollen Sie damit sagen?«

»Dass ich allmählich befürchte, Sie haben Halluzinationen! Nehmen Sie so viel Mann, wie Sie wollen, und schaffen Sie diesen Geisterpassagier her! Verstanden?«

Es fing schon wieder an. In den ersten Stunden seiner Wache waren Petersens Gedanken unwillkürlich zu den gestrigen Ereignissen zurückgekehrt. Er hatte unausgeschlafen und missmutig im eisigen Morgengrauen gestanden – nur etwas schwarzen Kaffee im Magen – und hatte sich einer Art Albtraum hingegeben, in dem sein Dritter Offizier, der Kohlentrimmer aus Hamburg, die junge Frau und dieser Ericksen, von dem er bisher nur einen grauen Mantel wahrgenommen hatte, abwechselnd im unwahrscheinlichsten Licht erschienen.

Dass an Bord etwas nicht mit rechten Dingen zuging,

lag auf der Hand. Warum sonst hätte sich ein höherer Polizeibeamter die Mühe machen sollen, bis Cuxhaven hinter der Polarlys herzufahren und so viele Vorsichtsmaßnahmen zu treffen ... Und es war etwas Ernstes! Wie hatte Sternberg selber in schroffem Ton gesagt? Er war Polizei*rat* und nicht Inspektor.

Ob sie Ericksen suchten? Von Sternberg hatte keine Miene verzogen, als er, Petersen, ihm von der Sache erzählt hatte. Er hatte auch keine Fragen gestellt.

Oder Peter Krull? Der war übrigens gerade wieder aufgestanden und machte sich schleppenden Schrittes an seine Arbeit im Kohlenbunker.

Und wozu brauchte die junge Frau Vriens um Mitternacht holen zu lassen und bis zwei Uhr früh mit ihm auf Deck herumzuspazieren?

Der hochgewachsene, rassige Evjen stand aufrecht neben dem Kapitän, die grauen Augen auf den Horizont gerichtet. »Glauben Sie, dass wir eine gute Fahrt haben?«

»Haben Sie schon gefrühstückt?«

»Noch nicht ...«

»Sie wissen nicht zufällig, ob die Dame im Speiseraum ist?«

»Als ich eben vorbei bin, war sie nicht drin. Ist sie Deutsche?«

»Deutsche, ja ... Katia Storm heißt sie. Nach ihren Unterlagen wohnt sie jedoch in Paris, Rue Vavin ...«

»Sie will nach Bergen?«

»Eben nicht! Nach Kirkenes! Und Schuttringer auch! Dieses Mal wollen alle nach Kirkenes, wo für gewöhnlich nur Sie hinfahren!«

»Auf Vergnügungsreise ...?«

Evjen interessierte sich für sie. Er gab zu, dass er im Vorübergehen einen Blick in den Speiseraum geworfen hatte. Zweifellos hatte er auch sein Frühstück in der Hoffnung verschoben, gleichzeitig mit ihr am Tisch zu sitzen.

Sie sahen sie von der Brücke herab das Deck betreten. Sie steckte schüchtern die Nase nach draußen wie jemand, der gerade aus dem Bad kommt und vor der Kälte zurückschaudert.

Sie trug jetzt ein grau-rosa Kostüm, das wie das gestrige Kleid offensichtlich aus einem Haute-Couture-Atelier stammte. Sie war frisch geschminkt, und man sah noch die Spuren des Kamms im Haar.

Als sie nach oben blickte, bemerkte sie die beiden Männer und lächelte zu ihnen hoch. »... 'n Morgen, Herr Kapitän.« Auch Evjen gegenüber deutete sie, etwas zurückhaltender, einen Gruß an. »Sieht so aus, als ob wir schönes Wetter kriegen.«

»Hoffen wir's.«

Der Steward steckte mit verzweifelter Miene den Kopf durch die Tür: Es kam niemand zum Frühstück, und er vergeudete den ganzen Morgen mit Warten.

Evjen machte noch eine Allerweltsbemerkung und ging dann hinunter.

Petersen sah ihn auf Deck auf und ab gehen, wobei er sich unmerklich näher an Katia Storm herantastete, die einem Schwarm Möwen nachsah.

Kapitän Petersen hätte nicht sagen können, warum die ganze Atmosphäre ihm ein beängstigendes Gefühl der Leere gab. Leere am Himmel, der zwar wolkenlos, aber doch von tristem Grau war. Leere auf dem Schiff, dessen

Passagiere offensichtlich nicht in Stimmung kamen. Und Leere auch in sich selbst.

Er hatte das Gefühl, auf etwas zu warten, und er wusste selbst nicht, was es war. Er sah drei Matrosen in Begleitung von Vriens aus dem vorderen Laderaum kommen. »Nichts?«, schrie er zu ihnen hinüber.

»Nichts!«

Kein Wunder! Da unten waren Berge von Kisten, Ballen und Fässern, die man nicht einfach auseinanderrücken konnte, denn sie waren in der Reihenfolge der Bestimmungshäfen gestapelt. Ein einzelner Mann da mittendrin?! Er konnte tagelang unentdeckt bleiben.

Plötzlich sah er niemanden mehr auf Deck. Evjen und Katia Storm waren wohl beim Frühstück; Vriens hatte sich zur Offiziersmesse begeben. Nur der Küchenjunge kam ab und zu und kippte etwas ins Wasser.

Zwei Stunden vergingen damit, dass Petersen den Blick auf den Horizont richtete, dann auf den Kompass und dann wieder auf den Horizont, während er im Geiste die verschiedensten Vermutungen über Sternbergs Aufgabe anstellte.

Die Glocke schlug die Stunde – Wachablösung. Der Dritte Offizier war an der Reihe.

Vriens trat an, völlig steif in seinem zu dünnen Uniformrock mit den Ärmelstreifen, ein breites Abzeichen an der Mütze.

Der Kapitän sah ihn von oben bis unten an und hätte beinahe wieder eine Auseinandersetzung begonnen. Aber dann begnügte er sich mit einem resigniert hingebrummten: »Halten Sie den Kurs auf Nordnordwest ...«

Er verwandte eine Stunde darauf, sich zu waschen und

anzuziehen. Im Vorübergehen hatte er seine drei Passagiere im Rauchsalon gesehen: Bell Evjen und Katia Storm am selben Tisch in der einen Ecke, und in der anderen Schuttringer, in einen Bildband vertieft, der auf der Heizung gelegen hatte.

Als er fertig war, hielt er sich eine Weile im Backbord-Gang auf, dessen Kabinen als Einzige belegt waren: Die Erste war seine eigene – mit einer Schreibtischnische und größer als die anderen. Dann kam die von Evjen, daneben eine unbelegte Kabine und danach die berühmte 18, in die der offenbar im Laderaum steckende Ericksen eingewiesen worden war. Es folgten die 20, die 22 und die 24, die jeweils von Katia Storm, Arnold Schuttringer und dem Polizeirat belegt waren. Die übrigen Kabinen standen leer. Ganz hinten im Gang verwies ein kleines Schild auf die Toiletten und Duschräume.

Der Steward war am Tischdecken. Er hatte die Hände voller Geschirr und kam mehrmals an Petersen vorüber.

»Herr von Stern… ich meine die 24, Herr Wolf … Hat er noch nicht nach Ihnen geklingelt?«

»Noch nicht.«

»Sind Sie so weit mit dem Mittagessen?«

»In wenigen Minuten …« Tatsächlich legte er nur noch die Servietten zu den Gedecken und griff dann zum Gong, den er an der Tür zum Rauchsalon schwang.

Ein Sonnenstrahl drang durch die Bullaugen und ließ die auf den Tischen im Speisesaal aufgestellten Fähnchen der Reederei aufleuchten.

Petersen – frisch rasiert und nach Seife duftend – hatte sich in Zivil geworfen, einen Anzug aus Tuch, in dem er breiter und etwas linkisch wirkte.

Er hatte die eine Hand auf die Stuhllehne gestützt und wartete, bis alle Platz genommen hatten. Evjen und die junge Frau trafen zusammen ein und beendeten gerade ein Gespräch über den Wintersport in Chamonix und in Tirol. Schuttringer hatte ganz genau den gleichen Gesichtsausdruck wie am Morgen, als er seine Turnübungen gemacht hatte.

Bevor Petersen sich setzte, wandte er sich mit dem unbestimmten Gefühl, dass noch etwas fehlte, zum Gang um. Und an diese unterschwellige Angst sollte er sich später noch erinnern.

Im gleichen Augenblick drang nämlich ein eigenartiger Schrei zu ihnen herüber, der anfangs erstickt klang und dann hoch und spitz endete. Ein Schrei wie im Todeskampf!

Katia Storm wandte sich abrupt dem Kapitän zu. Evjen, der gerade etwas zu ihr gesagt hatte, blieb das Wort im Hals stecken. Und Schuttringer legte die Serviette zurück, die er gerade zur Hand genommen hatte, und fragte: »Was geht hier vor?«

Petersen machte ein paar Schritte auf die Tür zu und erblickte im Gang die weiße Jacke des Stewards, der vor der offenen Tür zu Sternbergs Kabine aufrecht an der gegenüberliegenden Wand lehnte.

Der Steward hielt sich jetzt den Arm vors Gesicht, sackte in sich zusammen und sah so aus, als wollte er mit der anderen Hand die Wand zurückschieben. Er, der Steward, hatte den Schrei ausgestoßen. Aber er brachte keinen Ton mehr heraus. Die Beine versagten ihm den Dienst.

Kapitän Petersen legte den restlichen Weg im Laufschritt zurück. Dann blieb er wie angewurzelt im Türrahmen stehen. Seine Hände ballten sich zu Fäusten, und die Kiefer waren hart aufeinandergepresst. Als ob er nicht etwas Ähnliches erwartet hätte!

Die Bettdecke war auf den Boden gerutscht. Die Matratze lag schief, Handtücher und Laken waren zerwühlt und mit Blut befleckt. Auch Sternbergs Gesicht wurde von einem Knäuel zugedeckt – als ob man versucht hätte, ihn damit zum Schweigen zu bringen.

Die Pyjamajacke stand offen, und die entblößte Brust wies zwei oder drei Einstiche sowie blutige Flecken auf – Spuren blutverschmierter Finger. Der eine Fuß ragte weiß in den Raum hinein, und Petersen brauchte ihn nur zu streifen, um endgültig sicher zu sein, dass der Mann tot war.

Der Steward hatte sich nicht gerührt. Man hörte ihn nur mit den Zähnen klappern, und er hielt sich hartnäckig den Arm vors Gesicht.

Die drei Passagiere zögerten noch, traten aber näher. Evjen kam als Erster. »Was ist denn hier los?«, fragte er.

Im selben Augenblick bemerkte Petersen, dass die junge Frau, die zwar nicht die Leiche, aber offenbar die Blutflecken gesehen hatte, die Finger der rechten Hand in Bell Evjens Arm krallte. Gleichzeitig hatte Petersen auch den Eindruck, dass Schuttringer trotz seiner Brille nicht besonders gut sah. Der Deutsche kam immer näher und blieb dann mit gerunzelter Stirn eine Weile auf der Schwelle stehen. »Wer ist das?«, fragte er dann.

»Beruhigen Sie sich«, sagte Evjen und tätschelte Katia Storms Hand. »Bleiben Sie nicht hier …«

Sie ließ sich nämlich immer mehr von ihren Gefühlen überwältigen, und es war abzusehen, dass die Nerven mit ihr durchgehen würden.

»So führen Sie sie doch weg!«, schrie Petersen wütend. Und er stieß Schuttringer zurück.

Inzwischen war auch die hintere Tür aufgegangen, die den Durchgang zu den Küchenräumen bildete, und es tauchten ein paar neugierige Gestalten auf, die sich noch nicht weiter vorwagten.

»Komm rein«, befahl Petersen dem Steward.

»Nein!«, stöhnte der auf. »Nur das nicht!«

Der Kapitän hätte danach selbst nicht sagen können, wie es gekommen war, dass er den anderen am Arm gepackt und in die Kabine 24 gezerrt hatte. Er versetzte der Tür einen Fußtritt. »Hat er geläutet?«, fragte er.

»Nein. Das heißt ... Als ... als Sie vorhin von ihm gesprochen haben ... Ich dachte, klopf mal an ... Es war spät, und ich hatte noch keinen Laut gehört ... Ich hab keine Antwort bekommen, da habe ich ganz langsam aufgemacht. Lassen Sie mich doch gehen!« Er stieß wieder einen Angstschrei aus, weil er nicht achtgegeben und mit der Hand den nackten Fuß des Toten berührt hatte.

»Ja, geh! Und schick mir ...«

»Wen?«

»Niemand! Ach, ich weiß nicht ...« An wen sollte er sich wenden? Er war der Kapitän. Außer ihm selbst war keine Autoritätsperson an Bord. »Geh! Und mach die Tür zu.«

Die Leiche flößte ihm keine Angst ein. Und da der in die Kabine ragende Fuß des Toten seine Bewegungsfreiheit einschränkte, legte er ihn sogar neben den anderen aufs Bett zurück. Dann befühlte er auf alle Fälle die Brust des Toten. Der Körper war bereits kalt und steif. Der Mord musste in der Nacht begangen worden sein. Da war kein Tropfen Blut, der nicht total geronnen gewesen wäre.

Sternbergs Koffer war aus dem Gepäcknetz gehoben, mitten in der Kabine auf den Boden gestellt und geöffnet worden. Der Inhalt war durchwühlt und lag verstreut herum: Wäsche, ein zweiter Anzug, gestärkte Kragen, Krawatten ... Außerdem ein Paar Lackschuhe aus Chevreauleder.

Petersen tat sein Möglichstes, die Gegenstände nicht zu berühren. Aber er konnte sich noch nicht zum Gehen entschließen; er war überzeugt, dass es in der Kabine irgendeinen Hinweis auf den Mörder gab. Von einer Waffe war nichts zu sehen ... Aber als er das Kopfkissen ein klein wenig beiseiteschob, sahen deutsche und französische Zeitungen darunter hervor.

Es hatte einen Kampf gegeben. Andernfalls wäre es nicht notwendig gewesen, Sternberg ein zusammengeknülltes Stück Laken aufs Gesicht zu pressen. Die Blutspuren auf der Brust? Die hatte er sich im Todeskampf mit blutverschmierten Fingern selbst beigebracht.

Die Leiche und überhaupt die ganze Kabine boten ein Bild absoluter Rohheit, vermittelten gleichzeitig aber auch den Eindruck von Unerfahrenheit und Ungeschick.

Es musste ein grauenhaftes Schauspiel gewesen sein. Der Polizeirat war kräftig gewesen. Er war im Schlaf überrascht worden und hatte sich zur Wehr gesetzt. Und der andere hatte weiter aufs Geratewohl zugestoßen und mit allen Mitteln versucht, sein Opfer zum Schweigen zu bringen.

Und keiner hatte etwas gehört! Die Passagiere in den angrenzenden Kabinen behaupteten, wunderbar geschlafen zu haben.

Sternbergs Jackett hing am Kleiderhaken. Petersen durchsuchte die Taschen: leer. Im Ulster jedoch fand er eine Brieftasche. Sie enthielt fünftausend Mark, Visitenkarten auf den Namen Sternberg, Briefe und einen Freifahrschein für die deutschen Eisenbahnen. Die Porträtaufnahme eines jungen Mädchens von etwa fünfzehn, mit großen schwarzen Augen und gelocktem, beinahe krausem Haar zog Petersen erst hinterher aus einem Seitenfach.

Er hatte nicht daran gedacht, dem Toten die Augen zu schließen. Er zögerte, ihm das Laken wieder aufs Gesicht zu legen.

Als Petersen die Kabine verließ, sah er Evjen und Schuttringer jeweils getrennt im Gang auf und ab marschieren, und sie blickten ihm gleichzeitig fragend entgegen.

»Ich kann nichts dazu sagen!«, war sein einziger Kommentar. »Wir kommen um Mitternacht in Stavanger an. Die Polizei wird sich mit der Sache befassen. Wo ist Fräulein Storm?«

»In ihrer Kabine! Sie möchte allein gelassen werden ...«

Er hätte sich auch beinahe zurückgezogen, besann sich aber, warf im Vorbeigehen Zeitungen und Brieftasche auf seine Koje und setzte sich wieder zu Tisch.

Kurz danach folgten die beiden Männer seinem Beispiel. Der Steward war immer noch verstört. Er bediente sie keuchend und rein automatisch.

Sie aßen, aber Petersens gute Erziehung zwang ihn, vor dem Ende der Mahlzeit aufzustehen. Es war ihm nämlich plötzlich eingefallen, dass er vergessen hatte, sich die Hände zu waschen.

3

Die Tote aus der Rue Delambre

Petersen konnte mühelos Deutsch und Englisch lesen; um den Artikel in der französischen Zeitung einigermaßen zu entziffern, musste er allerdings ein Wörterbuch zu Hilfe nehmen. Aber er war überzeugt, dass hier die Erklärung für Sternbergs Anwesenheit an Bord zu finden war.

Die Zeitung datierte vom 17. Februar. Und die Polarlys war am 19. um drei Uhr nachmittags ausgelaufen, also kurz nachdem die Pariser Tageszeitungen vom 17. in Hamburg zu kaufen waren.

VERBRECHEN IN MONTPARNASSE lautete die Überschrift. Und der Untertitel: *Schon wieder Rauschgift im Spiel!*

Das Bullauge der Kabine war graugrün. Petersen lehnte einen Moment die Stirn an die Scheibe, stellte fest, dass vor Einbruch der Dunkelheit mit ebenso dichtem Nebel wie gestern zu rechnen war, und lauschte eine Weile dem Stampfen der Maschine. Schließlich setzte er sich an seinen Schreibtisch.

An der Pinnwand war ein vergrößertes Porträtfoto seiner Frau; sie sah fröhlich und gut genährt aus und war eigentlich ganz hübsch. Weiter unten steckte ein Amateurfoto, das Petersen darstellte, wie er in Hemdsärmeln mit seinen beiden Kindern im Garten vor einem Bungalow spielte. Der Bungalow war Petersens Haus auf einem der Hänge von Bergen.

Petersen murmelte die ihm unbekannten französischen Worte grässlich verballhornt vor sich hin, während er im Wörterbuch herumsuchte. Und schließlich konnte er sich den Sinn des Artikels in großen Zügen zusammenreimen:

Eine besonders unerquickliche Affäre wirft erneut ein grelles Schlaglicht auf das Vielvölkergemisch von Montparnasse, dessen Leben und Treiben immer mehr von den wahren Pariser Sitten abweicht.

In der Rue Delambre 19a, nur wenige Schritte von den drei oder vier Kneipen entfernt, in denen von morgens bis abends in den Sprachen aus aller Welt herumpalavert wird, hat der Münchner Maler Max Feinstein bereits seit mehreren Jahren ein Atelier angemietet, das im Erdgeschoss liegt und einen separaten Zugang zur Straße hat.

Max Feinstein, der sich in seinem Beruf einen gewissen Namen gemacht hat, ist viel auf Reisen; unter anderem verbringt er jeden Winter zwei oder drei Monate an der Riviera und an der Adriaküste.

Vor Reiseantritt überlässt er den Schlüssel für gewöhnlich einem Freund, der die leerstehende Wohnung somit einige Zeit nutzen kann.

In diesem Jahr ist Feinstein um den 1. Januar herum abgereist. Er hat die Concierge benachrichtigt, dass sich von Zeit zu Zeit Freunde in seiner Wohnung aufhalten würden; darüber hinaus hat er sie gebeten, bei passender Gelegenheit aufzuräumen und sauber zu machen. Wie bereits erwähnt, hat das Atelier einen eigenen Ein-

gang. Hinzu kommt, dass der von Feinstein in ein Bad umgewandelte ehemalige Abstellraum ursprünglich mit der Loge der Concierge verbunden war – eine Tür, die jetzt zugenagelt ist.

Wenn wir heute eine ungefähre Vorstellung von dem haben, was sich bei Feinstein abgespielt hat, so ist das nur dieser Tür zu verdanken, durch die die Geräusche aus dem Atelier zur Concierge herüberdrangen.

Die Concierge des Hauses 19a hat sich bereit erklärt, unserem Blatt gegenüber den Inhalt ihrer Aussage bei der Polizei zu wiederholen. Wir geben sie hier wörtlich wieder:

»… Über Monsieur Max kann ich mich nicht beklagen. Er ist ein ordentlicher Mieter, für einen jungen Mann auch ziemlich seriös, aber viel zu gutmütig. Es ist schon zigmal passiert, dass er Landsleute bei sich aufgenommen hat, denen es dreckig ging. Manchmal hat er sie wochenlang dabehalten, und sie durften auf der Couch im Atelier schlafen.

Am Sonntag nach seiner Abreise habe ich zum ersten Mal Lärm gehört nebenan. Monsieur Max hatte ja Besuch angekündigt, und so war ich nicht weiter beunruhigt. Mir ist nur aufgefallen, dass sie mindestens zu sechst sein mussten, darunter zwei oder drei Frauen; dass sie alle Deutsch sprachen und die Champagnerkorken knallen ließen.

Tags darauf bin ich zum Aufräumen hinübergegangen. Ich war drauf und dran, Monsieur Max zu schreiben, weil seine Freunde das Atelier regelrecht in einen Saustall verwandelt hatten. Glasscherben und Flaschen an allen Ecken und Enden; die Badewanne voll mit schmutzigem Wasser, und an den Vorhängen hatten sie die Hände abgetrocknet. Von dem Übrigen ganz zu schweigen ...!

Jedenfalls sind sie dann ein paar Tage weggeblieben. Dann, am Mittwoch, glaube ich, habe ich nebenan Stimmen gehört. Es waren aber nur zwei – ein Mann und eine Frau, und sie sind über Nacht dageblieben. Gegen Morgen ist unter der Tür durch ein solcher Äthergestank zu mir rübergedrungen, dass ich nahe dran war, sie rauszuschmeißen. Aber was ging's mich an, oder etwa nicht?

Letzten Sonntag sind sie dann zum letzten Mal dagewesen, zu fünft oder zu sechst. Ich hatte Besuch von meiner Schwägerin aus Argenteuil und hab deshalb nicht weiter drauf geachtet. Trotzdem hab ich gemerkt, dass es zum Teil die gleichen Stimmen waren wie am Sonntag davor. Und sie müssen sehr spät gegangen sein. Am Montag musste ich mich um die Arbeiter im Hof kümmern, weil das Haus neu verputzt werden soll, und ich hatte keine Zeit fürs Atelier. Und am Dienstag hatte ich frei.

Wenn ich ehrlich sein soll, hat mich auch der Gedanke an den ganzen Schmutz abgeschreckt, der da auf mich wartete. Also hab ich mich erst am Donnerstag durchgerungen, da rüberzugehen.

Alles Übrige wissen Sie ja von der Polizei. Ich weiß nur, dass ich davongerannt bin und den ersten besten Straßenpassanten angehalten habe – so entsetzt wie ich war.

Da hat eine Frau nackt auf dem Bett gelegen! Ein ganz junges Ding, das wahrscheinlich ziemlich hübsch ge-

wesen, jetzt aber voller blauschwarzer Flecken war, im
Gesicht, am Körper …
Überall hat angebrochener Whisky und Champagner
herumgestanden. Ich bin versehentlich auf eine glä-
serne Spritze getreten, aber sie haben den Inhalt trotz-
dem noch analysieren können.
Feiglinge sind das, finden Sie nicht? Als sie gesehen ha-
ben, dass das Mädchen tot ist, sind sie auf und davon!
Sie haben sie einfach allein da liegenlassen!«

Petersen sah auf. Er betrachtete das Foto seines norwegischen Holzhauses, schmuck wie ein neugekauftes Spielzeug. Und er fühlte sich unbehaglich, wie jemand, der
zum ersten Mal etwas von der Existenz besonders absto-
ßender Krankheiten erfährt.

Dann machte er sich an den Rest des Artikels.

Eine erste Untersuchung der Leiche hat ergeben, dass
das Opfer, ein junges, gesundes Mädchen um die zwan-
zig, im Verlauf des Sonntagabends eine hohe Dosis Al-
kohol und Rauschgift zu sich genommen hat.
Der Tod jedoch ist auf eine Morphiuminjektion zu-
rückzuführen; Spuren des Einstichs wurden am linken
Schenkel festgestellt.
Das Opfer konnte aufgrund des gestern in den Abend-
zeitungen veröffentlichten Fotos identifiziert werden.
Es handelt sich um eine gewisse Marie Baron, gebürtig
aus Amboise, von Beruf Verkäuferin in einem Geschäft
in der Rue de Clichy. Die Ermordete war alleinstehend
und bewohnte ein möbliertes Zimmer am Boulevard
des Batignolles.

Da die Eltern des Mädchens im Département Indre-et-Loire leben, hat die Identifizierung der Leiche im Gerichtsmedizinischen Institut durch eine Freundin stattgefunden.

Besagte Freundin hat im Übrigen erklärt, dass sie am letzten Sonntag wie stets zusammen mit Marie Baron in den Luna-Park wollte. Am Samstagabend jedoch hat Marie Baron ihr erzählt, dass sie unwahrscheinlich komische junge Leute kennengelernt habe, mit denen sie lieber nach Montparnasse wolle.

Es bedarf wirklich nicht viel, den weiteren Hergang zu rekonstruieren. Eine Bande von Rauschgiftsüchtigen hat es, wie schon so oft, reizvoll gefunden, sich um ein völlig unerfahrenes junges Mädchen zu »bereichern«.

Angestachelt durch die Anwesenheit Marie Barons, haben sie die Orgie unter Großeinsatz von Champagner, Whisky und Heroin in Gang gesetzt.

Hier erhebt sich die Frage, ob das junge Mädchen ihnen eventuell zu viel Widerstand entgegengesetzt hat ... Eines steht jedoch fest: In Anbetracht ihrer Unerfahrenheit kann Marie Baron sich die Spritze in den Schenkel nicht selbst gegeben haben. Also muss es einer ihrer Gefährten gewesen sein, und er hat sie damit vielleicht sogar überrumpelt.

Nach Aussage des Gerichtsmediziners Dr. Paul ist der Tod durch Herzkollaps praktisch unmittelbar eingetreten.

Die Bande hat sich entsetzt aus dem Staub gemacht, wobei sie immerhin darauf achtete, an Ort und Stelle nichts zurückzulassen, was eine Identifizierung der

Anwesenden ermöglichen könnte. Dieser Umstand ist bezeichnend; gibt er doch Aufschluss darüber, dass wenigstens einige der Beteiligten noch recht klar denken konnten.

Die Ermittlungen in den internationalen Kreisen von Montparnasse haben keinerlei Resultate erbracht. Allein der Maler Max Feinstein könnte Aufschluss darüber geben, wem er bei der Abreise den Schlüssel zu seiner Wohnung anvertraut hat.

Leider haben die telegrafischen Anfragen in Cannes und Nizza bisher keinen Hinweis auf seinen Aufenthaltsort ergeben. Nach neuesten Auskünften soll er vor etwa acht Tagen an die Adria abgereist sein. – Genaueres ist nicht bekannt.

Abschließend lässt sich sagen, dass diese Affäre in allen ihren Einzelheiten an Scheußlichkeit kaum zu überbieten ist.

Was die Eltern des Opfers, das Ehepaar Baron, betrifft, so lässt sich ihre Bestürzung, ihre Ungläubigkeit und schließlich ihre Verzweiflung angesichts der geschilderten Fakten leicht nachvollziehen.

Die Polizei treibt ihre Ermittlungen mit größter Eile voran. Sie befürchtet dennoch, und wohl zu Recht, dass die Täter das Weite gesucht haben werden, wenn ihre Identität endlich feststeht.

Petersen überflog die Überschriften in der deutschen Zeitung, fand aber nichts, was einen Zusammenhang zu der Sache ergeben hätte. Er war blass und fühlte sich körperlich wie seelisch angeschlagen.

Er lebte nun auf dem Meer, seit er dreizehn war. Er

hatte Schlägereien in Hafenspelunken miterlebt. Und einmal hatte ein betrunkener Matrose ihm alle Verbrechen erzählt, die er schon verübt hatte. Während seiner Zeit als Kapitän hatte die Polizei an Bord seines Schiffes mehrere Verhaftungen vorgenommen. Das erste Mal war es ein international gesuchter Verbrecher gewesen, und beim dritten Mal ging es um einen Polen, der in einem Eifersuchtsanfall seine Frau und seine beiden Kinder erwürgt hatte.

Das alles hatte ihn kaltgelassen. Als guter Protestant unterschied er zwischen den guten und den schlechten Instinkten, die abwechselnd die menschliche Seele beherrschen. Jetzt aber empfand er eine sonderbare Beschämung.

Er hatte Paris noch nie gesehen. Er versuchte, sich dieses Montparnasse vorzustellen, von dem die Zeitung berichtete – das Maleratelier, die orgiastische Stimmung, die nackte Leiche auf der Couch …

Petersen hatte sich lange gar nicht die Frage nach einer Verbindung zwischen dieser Affäre und dem Mord an Sternberg gestellt, und doch stand sie für ihn von Anfang an fest, quasi im Unterbewusstsein.

Er ließ unwillkürlich Gestalten und Gesichter vor seinem inneren Auge vorüberziehen: Dieser Ericksen im grauen Mantel, den er nur von hinten gesehen hatte und der sich im Laderaum versteckt hielt; der Kohlentrimmer Peter Krull mit seinem herausfordernden Lächeln; Vriens mit seinen geröteten Lidern und der krankhaften Nervosität; endlich der wimpern- und brauenlose Schuttringer mit den Knopfaugen.

Er war peinlich berührt, wenn er daran zurückdachte,

wie ihm beim Anblick von Katias Beinen das Blut zu Kopf gestiegen war, und er gestand sich ein, dass er es mindestens zweimal so eingerichtet hatte, dass er sie streifen musste, wenn er an ihr vorüberkam.

Sein ganzes Denken wurde von dem Gefühl beherrscht, dass in seiner Welt, seiner Umgebung etwas aus dem Ruder lief. Und das brachte ihn derart aus dem Konzept, dass er den Kopf zwischen die Hände nahm und lange vor sich hin grübelte. Er fuhr erst in die Höhe, als die Sechs-Uhr-Wachablösung schlug.

Sogar sein Schiff war nicht mehr, was es war! Er stand auf und verließ seine Kajüte. Draußen blickte er misstrauisch zum Korridor hinüber und bemerkte den Steward, der sich ganz nahe bei seiner Tür aufhielt.

»Wo sind sie?«, fragte er argwöhnisch.

»Wer?«

»Die Passagiere ... Evjen ... Schuttringer ...«

»Oben ... Im Rauchsalon.«

»Und die junge Frau?«

»Sie ist zu ihnen gestoßen ...«

Er stieg schwerfällig die Treppe hinauf, öffnete die Tür zum Rauchsalon und blieb mit hartem Gesichtsausdruck im Türrahmen stehen.

Die Passagiere saßen auf den gleichen Plätzen wie am Morgen: Bell Evjen und Katia zusammen an einem Tisch, vor sich eine Flasche Mineralwasser; in der entgegengesetzten Ecke Schuttringer, der für sich allein Schach spielte.

Das Licht war gerade angegangen, und die drei Gesichter waren auf den Kapitän gerichtet. Evjen, der ihn besser kannte als die anderen, machte den Mund auf und wollte etwas sagen. Petersen jedoch machte heftig die Tür zu und stieg zur Brücke hoch.

Er erkannte die schmale Gestalt von Vriens, der die Wache gerade an den Zweiten Offizier abgegeben und ihm gesagt hatte, welcher Kurs anlag. Warum eigentlich trat Petersen geräuschlos von hinten auf ihn zu und legte ihm plötzlich die Hand auf die Schulter?

Der junge Mann fing an, am ganzen Leib zu zittern. Seine Züge waren angstverzerrt, als er sich umwandte. »Kap… Kapitän …«, stammelte er, während er nach Fassung rang.

»Was haben Sie? Sie zittern ja …«

»Nichts … Ich … Ich war nicht darauf gefasst, dass …«

»Gehen Sie!«

»Stimmt's, dass wir einen … einen Toten an Bord haben?«

»Einen Toten, ja, haben wir! Was soll's! Gehen Sie!«

Petersens Stimme war so schroff, dass der Zweite Offizier, der ihn seit langem kannte, erstaunt aufsah. Der Zweite war ein Mann um die dreißig ohne Offizierspatent, der sich geduldig nach oben diente und sicher war, mit Mitte vierzig Kapitän zu sein. Er lebte bei seiner Mutter in Trondheim.

»Miese Sache«, sagte er, als Vriens weg war. »Müsste doch möglich sein, den Mann zu fassen, der sich an Bord versteckt!«

»Wo sind wir?«

Sie beugten sich über die Karte.

»Bei dem Nebel«, brummte Petersen, »sind wir nicht vor ein Uhr früh in Stavanger. Und um halb drei sollen wir weiter! Wenn wir wenigstens eine Funkstation an Bord hätten, wie sie's uns seit zwei Jahren versprechen ...«

Er fühlte sich nirgendwo wohl, und das passierte ihm auf seinem Schiff zum ersten Mal. Der Weg zu seiner Kajüte führte über das Promenadendeck, auf das auch die Bullaugen des Rauchsalons gingen. Er warf einen Blick ins Innere und stellte fest, dass Katia Storm nicht mehr da war.

Im Speisesaal machte er den Mund nicht auf; er war sichtlich beunruhigt durch den leeren Platz, den die junge Frau sonst einnahm. »Isst Fräulein Storm in ihrer Kabine?«, erkundigte er sich beim Steward.

»Nein! Dort ist sie nicht ...«

Auf Petersens Stirn zeichnete sich eine scharfe Falte ab, und plötzlich stand er auf und ging zum Vorderschiff, wo die Offiziersmesse war. Er war kurz vor Vriens' Kabine angelangt, als die Tür aufging und Katia hastig hinausgeschlüpft kam.

Sie blieb wie angewurzelt stehen, als sie den Kapitän kaum zwei Schritte entfernt stehen sah. Für einen Moment hatte es ihr die Sprache verschlagen. Aber sie fasste sich rasch wieder. »Die anderen sind doch nicht schon bei Tisch, oder? Sie haben doch nicht etwa nach *mir* gesucht?«

»Nein ... Aber es ist Zeit zum Essen. Sie werden erwartet ...« Er tat so, als habe er etwas in der Kabine des Zweiten Offiziers zu tun, der ja oben auf Wache war. Sobald sie jedoch weit genug weg war, öffnete er die Tür von Vriens' Kabine.

Der junge Mann lag ausgestreckt auf seiner Koje und hatte die Arme vor dem Gesicht. Er fuhr hoch, als die

Tür aufging, und wischte sich ungeschickt über die Augen. Aber es gelang ihm nicht, die schimmernde Spur auf seinen Wangen völlig zu verbergen. »Herr Kapitän ...«

»Es ist nichts ... Bleiben Sie liegen!« Petersen ging zurück, finsterer denn je, und wusste selbst nicht, was er von alledem halten sollte.

Die junge Deutsche saß inzwischen bei Tisch und redete mit hoher, spitzer Stimme auf die anderen ein, wobei sie sich auch oft an Petersen wandte. Da der Kapitän aber so tat, als beträfen ihre Worte ihn nicht, und Schuttringer sich so abwesend wie sonst verhielt, blieb Katia Storm nichts anderes übrig, als sich an Evjen zu halten.

Sie machte sich Gedanken über den Zwischenaufenthalt in Stavanger. »Glauben Sie, dass wir durch die Polizeiaktion Zeit verlieren? Also wenn Sie mich fragen ... Ich meine, man müsste diesen Mann doch endlich fassen können, wenn man das Schiff wirklich von oben bis unten durchsuchte ... Wie heißt er gleich noch? Ericksen, nicht ...? vielleicht überhaupt ein falscher Name ...«

Bell Evjen war die Sache etwas peinlich, vor allem Petersen gegenüber, der in Kirkenes häufig bei ihm und seiner Frau zu Gast war. Er wäre froh gewesen, wenn die anderen sich auch an der Unterhaltung beteiligt hätten, das war ihm anzusehen.

Fünf Meilen vom Hafen entfernt nahmen sie einen Lotsen an Bord, der in einem kleinen Kutter anlegte. Der Nebel war so milchig, noch dazu in diesen von Schären durchsetzten Gewässern, dass man alle Mann als Ausguckposten aufstellen musste.

Sie hingen als Traube an der Back und schrien fieberhaft ihre Angaben zur Brücke hinauf.

In der sie umgebenden Dunkelheit war die Polarlys wie eine phosphoreszierende Wolke. Aber von der Brücke aus konnte man noch nicht einmal das Heck erkennen!

Die Sirene heulte unentwegt, und sie versuchten die Route einer zweiten Sirene auszumachen, deren Getute immer wieder wie ein fernes Seufzen zu ihnen drang.

Die Passagiere waren im Rauchsalon und hatten die Gesichter gegen die Scheiben gepresst. Zuerst fielen ihnen nur die weißlichen Scheiben auf, die das Schiff umfingen, aber dann waren ganz nahe und mit gespenstischer Klarheit Stimmen da.

Man hätte meinen können, meilenweit vom Hafen entfernt zu sein. Man hatte noch nicht einmal den Strahl des Leuchtturms erkannt. Und da waren sie bloß zehn Meter von der Kaimauer entfernt! Die Matrosen warfen schon die Trossen aus!

Es nieselte. In den Bodenvertiefungen hielten sich noch matschige Schneereste.

Als die Gangway heruntergelassen war, stürzten knapp zwei Dutzend Männer zum Löschen der Ladung auf die geöffneten Ladeluken zu.

Ein uniformierter Polizeibeamter salutierte Petersen militärisch. »Viele Passagiere an Bord?«, erkundigte er sich.

Von der Stadt, die sich einen Berghang hinaufzog, war nichts zu sehen außer dem vordersten Abschnitt einer ansteigenden Straße, auf dem die Straßenlaternen ein paar in Grün und dunklem Ocker gestrichene Holzfassaden beleuchteten.

»Sie müssen sofort Ihren Chef holen!«, wandte sich

Petersen an den Beamten. »An Bord ist ein Verbrechen geschehen …«

Es war nach ein Uhr nachts. Keine einzige Kneipe war mehr geöffnet: Die norwegischen Vorschriften sind streng.

Und auch keine Passanten! Nicht ein einziger Schatten weit und breit, abgesehen von den Schauerleuten, die die Ladebäume bedienten und das Stückgut aus den Luken hievten.

Der Polizeibeamte war ein paar Sekunden unschlüssig, verblüfft. Dann beschloss er, in einem nahegelegenen Hotel an die Läden zu klopfen in der Hoffnung, dort telefonieren zu können.

Zum Kai hin war der Nebel durch das geschäftige Treiben wie entzweigerissen, und man konnte Menschen und Gegenstände erkennen.

Zum Hafenbecken hin jedoch war nur eine undurchdringliche weißliche Masse, aus der eisige Schauer herüberkamen, und man konnte noch nicht einmal an der schwarzen Schiffsflanke hinunter bis aufs Wasser sehen.

Und hier auf dieser Seite tat sich plötzlich etwas. Durch den ganzen Krach hindurch – das Quietschen der Rollen und das Poltern der Kisten beim Aufsetzen auf den Kai – hörte man etwas Schweres klatschend auf der Wasserfläche aufschlagen.

Petersen, der gerade mit dem Polizeibeamten zusammenstand, setzte über einige Fässchen hinweg, um den Steuerbord-Seitengang zu erreichen.

Er stieß praktisch mit Vriens zusammen. »Da …! Schnell!«, keuchte der. »Ich hab ihn reinspringen sehen …«

»Wen?«

»Den Mann in Grau … Ericksen …«

Der Polizeibeamte konnte dem natürlich nicht folgen.

Petersen beugte sich über die Reling, sah und hörte aber nichts. »Sind Sie sicher?«

»Da ist was in die Brühe gefallen«, bestätigte der eine Schauermann, der etwa sechs Meter weiter weg stand. »Aber was?«

»Ich hab nur was Graues gesehen«, sagte Vriens.

»Ein Boot! Rasch, Beeilung!«

Es war nicht genug Zeit, ein Boot zu Wasser zu lassen. Petersen lief zum Kai und machte ein Ruderboot los, das am Fuß einer Steintreppe vertäut war.

Der Polizeibeamte war ihm gefolgt. Die Männer an den Ladeluken hatten die Arbeit unterbrochen, und man ahnte die weiße Jacke des Stewards, der sich über die Reling beugte.

Die Riemen tauchten plätschernd ein. »Eine Laterne!«, schrie der Kapitän nach oben.

Jemand ließ an einem dünnen Tau ein Windlicht herunter. Aber es half nicht viel: Durch die Nebelfetzen hindurch war nur ein Stück schwarzer und undeutlich abgegrenzter Wasseroberfläche zu erkennen.

Hatte der Mann Zeit gefunden, schwimmend eine der Kaileitern zu erreichen?

Kapitän Petersen ließ die Riemen mit kleinen wütenden Schlägen ins Wasser tauchen. Der Polizist mit der wappengeschmückten Uniformmütze beugte sich gewissenhaft über den Bootsrand und spähte in die Dunkelheit.

Die Umrisse der Polarlys zeichneten sich als unwirkliche Märchenkulisse ab – hier und da ein erleuchteter Vorsprung, und dazwischen wieder große dunkle Partien. In einer der Lichtscheiben erkannte Petersen die Schultern von Vriens und seinen vornübergeneigten Kopf, und hinter ihm die helle Gestalt von Katia Storm, die dem jungen Mann die Hand auf die Schulter gelegt hatte.

»Geh'n wir«, brummte er.

»Nichts zu sehen und zu hören, nicht wahr? Wahrscheinlich ersoffen!«

»Wahrscheinlich – Sie sagen es!«

Sogar der Polizist blickte Petersen verdutzt an. Wie hätte er auch dessen grimmige Laune, die ruckartigen Bewegungen und die überschnellen und doch widersprüchlichen Entscheidungen verstehen sollen!

Der Polizeichef war im Wagen gekommen; er hatte lediglich eine schwarze Hose und einen Pelz über den Pyjama gezogen. Er war ein schlanker und aristokratisch aussehender Mann, der stets so wirkte, als bewegte er sich in einem Salon und hätte es mit Leuten von Welt zu tun.

»Wie ich erfahre, hat sich hier ein Verbrechen …«

Petersen führte ihn in seine Kajüte, nachdem er den Uniformierten angewiesen hatte: »Sie sollten lieber niemand von Bord lassen.« Das kam so kategorisch, dass der Eindruck entstand, Petersen sei der wirkliche Chef.

»Nehmen Sie Platz«, forderte er den Polizeichef dann auf. »Ich will versuchen, Ihnen die Lage so kurz wie möglich zu schildern. Laut Fahrplan müssten wir um halb drei wieder auslaufen … Und es ist jetzt schon nach zwei. In fünfundzwanzig norwegischen Häfen wartet die ganze Bevölkerung darauf, dass wir zu einem festen Zeitpunkt da sind. Ich habe die Post an Bord, Nahrungsmittel, Maschinen, Zeitungen ... Die Sache ist nur die: Ich habe auch einen Ermordeten an Bord.« Je mehr er sich in den Bericht hineinsteigerte, desto ruhiger wurde er äußerlich. Er gestikulierte nicht, aber in seiner Stimme lag kalte Wut.

Der Polizeichef hatte sich gesetzt; Petersen jedoch ging in der Kabine auf und ab, während er alles schilderte, was sich seit dem Auslaufen in Hamburg zugetragen hatte. Er ging auch in großen Zügen auf den Artikel in der französischen Zeitung ein, die immer noch auf dem Tischchen lag.

Zweimal unterbrach er seinen Bericht, um auf Deck zu gehen, das Löschen der Ladung zu kontrollieren und die Männer zur Eile anzuhalten.

»Was wollen Sie jetzt tun?«, fragte er zum Schluss, wobei er sich auf den Rand seines Bettes fallen ließ und das Kinn in die Hände stützte.

An der norwegischen Küste zieht sich eine Gebirgskette entlang, die von zwei oder drei Straßen durchschnitten wird, und auch das nur im Süden. Von Trondheim an gibt es solche Querverbindungen nicht mehr, und schon gar keine Eisenbahn.

Es ist daher Aufgabe von Küstendampfern vom Typ der Polarlys, den Postverkehr, die Lebensmittelversorgung und überhaupt die ganze Verbindung mit der Außenwelt wahrzunehmen.

Im Norden zum Beispiel sind die einzigen natürlichen Produktionsquellen Kabeljau, Seehund und Ren. Wenn nun die Schiffe ausfallen, ist die Bevölkerung praktisch von der übrigen Welt abgeschnitten: hinter sich die unzugängliche Bergwelt und vor sich die Wogen des Atlantiks.

Die Reedereien sind daher vom Staat subventioniert und versehen einen öffentlichen Dienst.

Der Polizeichef runzelte besorgt die Stirn. »Dieser Ericksen ist vorhin ins Wasser gesprungen, sagen Sie?«

»Ich habe gesagt«, berichtigte Petersen, »dass etwas ins Wasser gefallen ist und dass mein Dritter Offizier eine graue Gestalt gesehen hat!«

»Das läuft ja wohl aufs Gleiche hinaus!«

»Wenn Sie meinen …«

»Und die anderen Passagiere? Sind ihre Papiere in Ordnung?«

»Die deutsche Polizei hat die Pässe wie üblich in Hamburg überprüft …«

»Ich werde sie nochmals prüfen lassen … Ich sehe momentan nur eine Lösung: in Oslo anzurufen. Die Verbindung dürfte in etwa zwanzig Minuten hergestellt sein. In der Zwischenzeit wird die Leiche von einem Arzt untersucht; die Kabine von einem unserer Experten fotografiert und nach Fingerabdrücken durchsucht … Die Pässe werden unter die Lupe genommen, und schließlich wird das Schiff von oben bis unten kontrolliert. Das macht für Sie etwa eine Stunde Verspätung, und die holen Sie leicht wieder auf … Wenn, wie ich vermute, alles darauf hindeutet, dass dieser Ericksen der Mörder ist, und wenn gegen die übrigen Reisenden nichts vorliegt, dann habe ich kaum das Recht, Sie hier zurückzuhalten.«

Der Polizeichef war aufgestanden und hatte dabei einen Seufzer ausgestoßen, mit dem er ausdrücken wollte, wie schwierig solche scheinbar einfachen Entscheidungen in die Praxis umzusetzen sind. Als er von Bord ging, wies auch er den Beamten an: »Dass mir keiner das Schiff verlässt!«

Die Schauerleute luden gerade die letzten Kisten aus. Der Steward stand da und sah ihnen zu; offenbar fand er es noch besser, sich hier draußen zu erkälten als allein durch die leeren Räume zu irren.

Der Wagen des Polizeichefs fuhr mit aufheulendem Motor davon, kletterte den Hang hinauf, und eine knappe Viertelstunde später belegten sechs uniformierte Männer die Polarlys mit Beschlag. Die einen drangen durch den vorderen, die anderen durch den hinteren Laderaum ein, und der scharfe Strahl ihrer Taschenlampen wanderte überall herum.

Schuttringer, angetan mit einem Sportsakko und einer kleinen Jockeymütze, eilte im Laufschritt über das Deck. Er war offenbar sehr darauf bedacht, sich fit zu halten.

Bell Evjen hatte eine gelangweilte Miene aufgesetzt und versuchte, näher an den Kapitän heranzukommen, um ihn auszufragen.

Als Petersen zum Heck kam, wo es schummriger war als anderswo auf dem Schiff, hörte er aus der durch das Hilfsruder gebildeten Nische Flüstern und ein Geräusch wie von einem Kuss. Er trat lautlos ein paar Schritte näher.

Die beiden engumschlungenen Schatten waren nur zu ahnen, und da war der milchige Fleck von zwei Gesichtern mit aufeinandergepressten Lippen … Petersen brauchte die Gesichtszüge nicht zu erkennen. Die Armeistreifen an Vriens' neuer Uniform leuchteten, und auf Schulterhöhe hob sich Katias entblößter Arm gegen den dunklen Jackenstoff ab.

4

Die beiden Tickets

Als die Passagiere und Offiziere im Rauchsalon versammelt waren, ergriff der Polizeichef das Wort.

»Meine Damen und Herren«, wandte er sich mit seiner ausgesuchten Höflichkeit an sie, »Sie wissen bereits, welches tragische Ereignis meiner Anwesenheit an Bord dieses Schiffes zugrunde liegt. Bisher deutet alles darauf hin, dass der Schuldige sich nicht unter Ihnen befindet, sondern kurz nach dem Eintreffen in Stavanger über Bord gesprungen ist. Es bleibt dennoch eine Reihe von Formalitäten zu erfüllen, die wir Ihnen so angenehm wie möglich zu gestalten trachten, glauben Sie mir. Wollen Sie darin bitte auch keine Verdächtigung sehen, sondern lediglich das Bestreben, der Polarlys die Weiterfahrt zu ermöglichen. Darf ich Sie alle nun höflichst bitten, in Ihre Kabinen zu gehen und sich dort für die nachfolgende Durchsuchung zur Verfügung zu halten ...«

Ein Kommissar hatte die Mannschaft in etwas kürzeren Sätzen bereits ins Bild gesetzt; in den Mannschaftsräumen wurden schon die Rahmen der Hängematten, die Seesäcke und Koffer durchsucht.

Die Ladebäume standen still. Das Schiff brauchte zum Auslaufen nur noch die Genehmigung der Polizei.

In Kabine 24 hatten zwei Sachverständige die Lage der Leiche festgehalten und eine Reihe von Fotos gemacht.

Dann war die auf eine Trage gebettete Leiche von Bord gebracht worden und im Nebel verschwunden.

Man hätte kaum taktvoller vorgehen, die Atmosphäre entspannter gestalten können als der Polizeichef. Und doch lag auch nach seinen Worten – beziehungsweise vor allem *nach* seinen Worten – auf allen Gesichtern ein gekünstelter Ausdruck, ob nun bei Bell Evjen oder beim Zweiten Offizier.

Da niemand verhaftet worden war, kam letzten Endes jeder als potenzieller Täter in Frage. Und ein jeder beobachtete sich auch und versuchte, so natürlich wie möglich zu erscheinen.

Möglicherweise die meisten Hemmungen hatte Petersen, weil der Polizeichef ihn gebeten hatte, ihn in die verschiedenen Kabinen zu begleiten. Der Kapitän wollte daher mit gutem Beispiel vorangehen und verlangte, dass sie in seiner eigenen Kabine anfingen. Er öffnete seinen Koffer, zog die Schubladen des kleinen Sekretärs heraus und hob sogar seinen Schlafsack hoch.

»Aber ich bitte Sie …«, versuchte der Polizeichef abzuwehren.

Als nächste kam die Kabine von Evjen dran, der wartend am Fußende seiner Koje stehengeblieben war. Sein Verhalten entsprach dem eines Reisenden bei einer Zollinspektion. Er hatte seine Koffer bereits aus dem Gepäcknetz gehoben und die Schlösser aufschnappen lassen. Zwei- oder dreimal rang er sich ein Lächeln ab – unter anderem, als ein paar eher unerwartete Dinge zum Vorschein kamen. »Eine Klarinette«, erklärte er. »Für meinen Ältesten, der ist jetzt zwölf … Hier das Nähetui für mein Töchterchen, bald sieben … Die neuesten Schall-

platten – damit decke ich mich jedes Jahr ein. Bücher ...
Das hier? Ach, eine kleine Besorgung im Auftrag meiner
Frau: Eine Rolle Wachstuch für das Babybett ...«

»Lassen wir das – ich bitte Sie!«, wandte der Polizeichef ein.

Doch Evjen breitete seine Sachen weiter aus: Drei An-
züge, einen Smoking, feine, mit seinem Monogramm ver-
sehene Wäsche, seine Hotelrechnungen aus dem Savoy in
London und dem Majestic in Berlin.

»Ich danke Ihnen! Wenn Sie vielleicht so freundlich
wären, Ihren Pass dem Inspektor auszuhändigen, er wartet oben auf die Passagiere. Reine Formsache, verstehen
Sie ... Sie haben natürlich keinerlei Verdacht?«

»Keinerlei ...«, antwortete Evjen irgendwie trocken.

Die angrenzende Kabine war leer. Dann kam die mit
dem Gepäck von Ernst Ericksen, dem verschwundenen
Passagier.

»Wird beschlagnahmt!«, erklärte der Polizeichef. »Lassen Sie das Gepäck an Land bringen. Mal sehen ... Ein
einziger Koffer, eine Tasche ... Ein alter Anzug ... Zwei
Hemden ...«

Eine magere Ausbeute. Die Kleidungsstücke waren
zwar keine billige Konfektion, aber abgetragen. Und es
war noch nicht einmal ein zweites Paar Schuhe da.

»Gehen wir zur nächsten Kabine.«

Katia Storm hatte es wie Bell Evjen gemacht. Ihre Sachen lagen ausgebreitet in ihrer Koje. Und als der Polizeichef zögerte, ihre Kleider und die Wäsche anzufassen,
machte sie sich mit zitternden Händen selbst ans Werk.

Petersen war an der Tür stehengeblieben. Er fühlte sich
gedemütigt, aber es spielte zugleich eine undefinierbare

Beklemmung mit hinein ... Und doch hob er selbst einen kleinen rosa Papierschnipsel auf und las halblaut vor: *Kristall-Palace, Hamburg.*

»Meine letzte Nacht an Land«, kommentierte Katia lachend. »Ich bin für eine Stunde ins Kristall, weil ich tanzen wollte.«

»Allein?«, fragte der Polizeichef.

»Aber ja doch – allein!«

Sie hatte mindestens fünfzehn verschiedene Kleider und Ensembles dabei, alle gleich raffiniert und exzentrisch. Und die Wäsche war feinste Luxusware, kokett und verspielt. Ihr Toilettenkoffer war aus ziseliertem Silber. Der unbedeutendste Gegenstand, der kleinste Krimskrams war von gleicher Klasse. Die Etiketten stammten von Geschäften aus der Avenue de l'Opéra, der Rue de la Paix sowie aus Londoner und Berliner Häusern.

Ein einziger Gegenstand fiel völlig aus dem Rahmen: Ein in Brüssel gekaufter Taschenschirm, der keine hundert Francs gekostet haben dürfte.

Sie fand das selbst komisch. »Ja, das war damals in Belgien«, erklärte sie belustigt, »als ich plötzlich im Regen stand und ins erstbeste Geschäft gegangen bin ...«

»Sie leben für gewöhnlich in Paris?«

»In Paris, in Berlin, in Nizza ...«

»Kennen Sie den Maler Max Feinstein?«

»Nein. Ist das ein Landsmann von mir? Wohl Jude, dem Namen nach ...«

»Wann sind Sie in Hamburg eingetroffen?«

»Donnerstagabend. Ich dachte, es gibt freitags ein Schiff nach Norwegen ...«

»Und Sie kamen aus Paris?«

»Nicht direkt … Ich war vorher acht Tage in Brüssel und zwei in Amsterdam.« Sie war bemüht, unbefangen zu wirken, und sah dem Fragesteller offen in die Augen.

In derartigen Fällen ist es allerdings gefährlich, sich nach der unbefangenen Haltung eines Menschen zu richten, da ein Unschuldiger, der sich verdächtigt fühlt, oft mehr durcheinander ist als der Schuldige.

In der Kabine hing der Duft ihres Parfüms, und auf dem Boden lagen eine Menge Zigarettenstummel herum. Auf dem Tischchen stand eine halbleere Flasche Brandy.

»Haben Sie besten Dank, Frau Storm …«

»Fräulein Storm«, gab sie zurück.

»Haben Sie vor, sich länger in Norwegen aufzuhalten?«

»Ein paar Wochen … Solange ich brauche, um mir Lappland anzusehen …«

Petersen hätte um ein Haar die Frage gestellt, die ihm auf der Zunge lag: ›Wie viel Geld haben Sie bei sich?‹ Aber er schämte sich des Gedankens und schwieg.

Die letzte Durchsuchung bei Arnold Schuttringer verlief am kürzesten. Er hatte wenig Gepäck. Seine Kleidungsstücke waren leger und Durchschnittsqualität, die Toilettenartikel stammten offenbar aus einem Warenhaus und waren so gut wie neu. Er hatte sich offenbar neu ausstaffiert für diese Reise.

Schuttringer verfolgte das Hin und Her während der Durchsuchung ruhig, ungerührt und mit leicht säuerlicher Miene, ohne selbst einzugreifen oder Fragen zu provozieren. Und bei seinen Antworten sagte er nur das Allernötigste.

»Kurz und gut, alle Ihre Passagiere haben ordnungsgemäße Papiere«, fasste der Polizeichef zusammen. »Es besteht nicht der geringste Verdacht gegen den einen oder den anderen. Und der Mörder hat, wie mein Inspektor mir versichert, Handschuhe getragen; es würde ohnehin nichts bringen, die Fingerabdrücke der Passagiere zu nehmen ... Auch im Laderaum haben unsere Leute nichts gefunden. Man kann also davon ausgehen, dass dieser Ericksen ins Wasser gesprungen ist, wohl in der Hoffnung, zum Kai schwimmen zu können ... Übrigens – halten Sie Ihren Dritten Offizier für zuverlässig? *Er* hat den Mann doch ins Wasser fallen sehen, nicht wahr?«

Petersen vermied eine Antwort. Es war drei Uhr durch; die Formalitäten waren abgeschlossen, und der ganze Aufwand hatte nichts erbracht.

»Ich werde mich mit der deutschen Polizei in Verbindung setzen, und ich werde sowohl im Hafenbecken als auch in der Stadt nachforschen lassen ...« Der Polizeichef verbarg das Unbehagen, das die Angelegenheit ihm bereitete, hinter einer vorgetäuschten Selbstsicherheit. »Ich kann nur nochmals betonen, dass ich das Schiff nicht festhalten kann, solange die Ermittlung nicht abgeschlossen ist. Und wenn ich nun einen der Passagiere dabehielte, so wüsste ich nicht, weshalb ich mich nun für diesen oder für jenen entscheiden sollte ... Ich müsste Passagiere und Mannschaft festnehmen, alle miteinander ...«

Kapitän Petersen sagte nichts. Er stand wartend da, düster, verschlossen, und deutete manchmal ein achtungsvolles Kopfnicken an.

Feine Schneeflocken begannen im Nebel herumzuwirbeln. Im Schiff wurde es kalt und zugig, da die Türen laufend auf- und zugemacht wurden.

»Ich lasse Ihnen auf alle Fälle einen Inspektor an Bord; damit sind sowohl Sie als auch ich der unmittelbaren Verantwortung enthoben ...«

Um halb vier gingen Petersen und der Polizeichef auf dem Seitengang auf und ab, während die Mannschaft das Schiff klar zum Auslaufen machte.

Die beiden Lotsen, die sich während der ganzen Fahrt an der norwegischen Küste entlang auf der Brücke abwechselten, waren an Bord gegangen. Sie steckten in pelzgefütterten Jacken, Stiefeln mit Holzsohlen und hatten ihre Seekisten aus schwarzem Holz geschultert.

Auf dem Kai hielten sich hartnäckig noch einige Gestalten. Einer der Inspektoren war im Wagen des Chefs losgefahren, um daheim ein paar Kleidungsstücke für die Reise zu holen, und sie warteten auf ihn.

Da die beiden Männer sich nichts mehr zu sagen hatten, fielen nur ein paar halbherzig hingeworfene Bemerkungen. »Ihr weiblicher Passagier wird sicherlich Erfolg haben, allein unter so vielen Männern! Vor allem, da die Dame ... na, wie soll man da sagen? Irgendwie aufreizend ist! Eigenartiges kleines Geschöpf ...«

Der Erste Offizier wirkte ebenso finster wie sein Kapitän. Er war bereits auf seinem Posten auf der Brücke, lehnte an der Reling und starrte in den Nebel hinaus.

Bell Evjen war nach der Polizeivisite in seiner Kabine geblieben, ebenso Schuttringer. Katia hingegen saß im Rauchsalon. Durch eines der Bullaugen konnte man sehen, wie sie ihre Spielkarten auf dem Tisch auslegte und dabei mit ihrer langen Zigarettenspitze aus Jade herumhantierte.

Endlich war Motorengeräusch zu hören. Der Wagen hielt und hinterließ zwei schwarze Streifen im Schnee, der allmählich eine geschlossene Decke bildete.

Petersen und der Polizeichef drückten sich die Hand, während der Inspektor an Bord kam. Und Petersens Gesicht wurde hart, als der andere ihm gute Fahrt wünschte.

Die Sirene tutete dreimal. Ein paar Kommandorufe, eilige Schritte. Die Trosse fiel im Kielwasser der Polarlys ins Wasser.

»Sagen Sie dem Steward, er soll Ihnen eine Kabine zuweisen!« Petersens Bemerkung galt dem Inspektor, einem etwa dreißigjährigen, höflichen und unauffälligen Menschen, bei dem man eher an einen Büroangestellten dachte als an einen Detektiv.

Der Kapitän ging an Deck auf und ab und konnte sich nicht entschließen, was er anfangen sollte. Zweimal legte er die Hand auf die Türklinke zum Rauchsalon. Dann war er schon fast auf dem Weg zu den Offizierskabinen mit dem Hintergedanken, sich zu vergewissern, ob Vriens zu Bett gegangen war.

Aber dann kam der junge Mann plötzlich weniger als zwei Meter entfernt an ihm vorüber, ohne ihn zu sehen, schaute durchs Bullauge des Rauchsalons und ging hinein.

Der Kapitän hatte noch nie jemandem nachspioniert. Dennoch überlegte er es sich nicht lange und ging seinerseits auf das Bullauge zu.

Er sah, wie Katia Storm den Kopf hob und sich an Vriens wandte. Er konnte sehen, wie ihre Lippen sich bewegten, hörte wegen des einsetzenden Meeresrauschens aber keinen Ton.

Vriens hatte sich zu ihr gesetzt, ganz nahe, und redete mit immer größerem Ungestüm auf sie ein, als ob er sie um etwas bitten wollte.

Seine anhaltende Erregung war enervierend und schließlich kaum mehr mit anzusehen. Man musste sich fragen, wie der Junge diese Überreiztheit so lange aushalten konnte. Sein Gesichtsausdruck wechselte laufend und drückte Hochspannung aus. Der ganze Körper war in Bewegung. Er konnte die Beine keine Sekunde ruhig halten, er gestikulierte, und sein Blick wanderte ruhelos umher. Zu allem Überfluss hatte er sich offenbar noch einen Schnupfen geholt, denn während der ganzen, etwa zehnminütigen Unterhaltung schnäuzte er sich vier- oder fünfmal grimmig.

Katia Storm sah ihn zweifellos mit anderen Augen als der Kapitän. Während Vriens redete, legte sie ihm plötzlich die Hand auf den Mund und neigte sich mit einer Gebärde, aus der die Zuneigung der Älteren zu dem Jüngeren sprach, zu ihm hin und küsste ihn auf die Augen. Sie lachte auf, und ihr Lachen hatte etwas Verwirrendes, in dem alles Mögliche lag: Ironie, Verlangen, Zärtlichkeit und – wer weiß – womöglich ein klein wenig Angst …?

Sie stand auf; Vriens folgte ihr, und Petersen sah, wie sie gemeinsam zum Kabinengang hin verschwanden. Ohne selbst hinunterzugehen, hörte er, wie eine Tür auf- und wieder zuging. Danach blieb alles still.

Der junge Mann war also mit ihr in die Kabine gegangen.

Der Steward hätte umfallen können vor Müdigkeit. Dennoch war er noch zum Rauchsalon gegangen, um dort abschließend nach dem Rechten zu sehen – die Sessel zurechtzurücken und die Lampen auszumachen –, und er fand dort den Kapitän vor.

Petersen war in der Nähe von Katia Storms Platz und bückte sich gerade nach zwei kleinen rosa Papierstückchen, die Vriens aus der Tasche gefallen waren, als er sein Taschentuch hervorgezogen hatte.

»Bin ich froh, Kapitän, dass der von Bord geschafft ist! Ich glaube, ich hätte sonst noch durchgedreht ... Allein der Gedanke, dass er da liegt ...! Haben Sie gesehen, wie er den Mund aufgesperrt hatte?«

Petersen hörte nicht hin. Er drehte und wendete die rosa Kärtchen: Es waren Garderobenkarten vom Kristall. Schließlich steckte er sie aufseufzend in seine Brieftasche.

»Wollen Sie hier bleiben?«, fragte der Steward verwundert.

»Nein! Du kannst ausmachen und dich schlafen legen.«

»Sagen Sie ... Glauben *Sie* das, dass dieser Ericksen wirklich ins Wasser gesprungen ist? Und wenn er noch irgendwo an Bord wäre ...«

Er erhielt keine Antwort. Kapitän Petersen entfernte sich achselzuckend. Vom Promenadendeck aus warf er einen Blick zur Brücke hinauf und konnte die glimmende Zigarette des Ersten Offiziers und die breiten Schultern des Lotsen erkennen, dessen Mütze aus Otterfell fast das ganze Gesicht bedeckte.

Irgendwo im Nebel war ein kaum auszumachendes weißes Licht: Zweifellos ein Fischkutter. Sie kamen so nahe daran vorbei, dass sie die Stimmen von zwei Männern hörten, die am Ruderhaus standen und sich in Ruhe unterhielten.

Noch nie war Petersen so unzufrieden mit sich selbst gewesen, so aus dem Konzept gebracht; und er hätte trotzdem nicht sagen können, weshalb. Es war ähnlich wie bei einem jener verschwommenen Albträume, die manchmal auftreten, wenn man mit zu vollem Magen zu Bett gegangen ist. Es passiert nichts Grauenerregendes, man ist auch nicht in Gefahr. Aber jedes kleinste Ding, das im Traum vorkommt, nimmt einen unfreundlichen Zug an. Die Bettdecke ist monströs, erdrückend. Man kommt und geht verständnislos durch eine feindliche Welt, und man hat den unbestimmten Wunsch aufzuwachen. Und man schafft es nicht.

Die Polarlys war verändert. Vieles lastete auf dem Kapitän, und das ging bis zur Anwesenheit des Polizisten, der doch so freundlich und zurückhaltend war.

Sie hatten jetzt höheren Wellengang. Das Schiff hatte die schmale Fahrrinne hinter sich und machte wieder normal Fahrt, wobei die Sirene pro Minute grundsätzlich zweimal tutete.

Manchmal zeichnete der weiße Flügel einer Möwe sekundenlang einen Strich in den Nebel.

Petersen machte plötzlich kehrt und ging mit eingezogenem Kopf unter der eisernen Tür durch, die zum Maschinenraum führte. Im grellen Licht der nackten Birnen sah er unter der Leiter den Ersten Ingenieur, der gerade den Öldruck regelte. Ein Mann im blauen Overall döste in der Nähe der Telegrafenscheibe vor sich hin. Er stieg hinunter.

»Ist der Hokuspokus zu Ende?«, brummte ihm der

Ingenieur zur Begrüßung entgegen. »Ist wieder Ruhe da oben?«

»Es ist zu Ende, ja …« Petersen schlängelte sich an den Pleuelstangen entlang, von denen Öltröpfchen auf ihn herabfielen, und gelangte durch eine kleinere Tür zum Kesselraum, aus dem ihm ein roter Feuerschein entgegenschlug.

Der Mann, der mit nacktem Oberkörper die Kohlen schaufelte, wandte sich noch nicht einmal um und legte bloß die schwarze Hand an das schwarze Gesicht.

Und Petersen setzte seinen Weg fort. Er konnte jetzt nur noch gebückt weitergehen. Die Kohle knirschte unter seinem Fuß. Sein Gesicht war bald schweißüberströmt. Endlich war er im Kohlenbunker angelangt, wo ein schwarz verschmiertes, fast unkenntliches menschliches Wesen auf der Kohle saß, ein Brötchen kaute und ihm entgegensah.

Es war Peter Krull. Sein rotblondes Barthaar hatte über den Kohlenstaub gesiegt, mit dem er bedeckt war, das Weiß der Augäpfel trat krass hervor, und der Blick war ironischer denn je.

Er stand nicht auf und grüßte auch nicht. Er aß ruhig weiter. »Na, habt ihr ihn gefunden, euern berühmten Ericksen?«, brachte er kauend und fast unverständlich hervor. Dabei lachte er lautlos in sich hinein. Dann beugte er sich zum Heizraum hinüber, um nachzusehen, ob Kohle gebraucht wurde.

»Kennst du ihn vielleicht?«

»Und ob …!«

»Was willst du damit sagen?«

»Dass ich Ihnen sofort einen von der Sorte fabriziere,

wenn Sie wollen ... Und täuschend ähnlich!« Er war mit seinem Brötchen fertig, das zum Schluss ebenso schwarz gewesen war wie seine Hände. Er stand gemächlich auf, schnappte sich einen Sack aus einer Ecke und warf eine Handvoll Kohlen hinein. »So, da ist er!«

»Das musst du schon näher erklären!«

»Das ist Ericksen! Also jedenfalls genau so einer wie der, der vorhin ins Wasser gefallen ist ... Dass ein Sack verschwunden war, hatte ich schon früher bemerkt. Als wir in Stavanger angekommen waren, hatte ich meine Freistunde und bin an Deck, frische Luft schöpfen ... Und da steht doch tatsächlich mein Sack auf dem Seitengang – fix und fertig, über Bord zu gehen.«

»Und? Wer hat ihn rübergeworfen?«

Der Mann jedoch hatte sich erneut zum Heizraum gewandt. »Achtung! Der Heizer da unten will frische Kohle! Und außerdem, mehr weiß ich auch nicht ...« Er hatte bereits die Kohlenschaufel in der Hand und begann vornübergebeugt zu schippen, kraftvoll und regelmäßig.

Der Kapitän sah ihm einen Moment zu, machte den Mund auf, um etwas zu sagen, und ging dann doch, missmutig und ohne ein weiteres Wort, den ganzen langen Weg zurück.

Auf Deck schlug ihm wieder die eisige Luft der offenen See entgegen, und er sah über sich auf der Brücke den Lotsen und den Ersten Offizier, die einander einen Tabaksbeutel und Streichhölzer reichten.

5

Cornelius Vriens

H olen Sie mir Vriens her!«
»Aber er ist auf Wache …«
»Macht nichts! Solange der Lotse oben ist …«

Petersen hatte sich mit sorgenvoller Miene in seine Kabine zurückgezogen, und das schon seit der Abfahrt aus Bergen. Die drei Stunden Aufenthalt dort waren mit Formalitäten, Händeschütteln, Besorgungen und dem Aufsuchen der B.D.S. draufgegangen, der die Polarlys gehörte.

»Was soll's?«, hatten sie auf der Reederei zu Petersen gesagt. »Sie können doch nichts dafür, nicht wahr? Und wenn jetzt ein Mann von der Polizei mit an Bord ist …«

Der Mann, der so redete, war eben ein Verwaltungsbeamter und kein Kapitän. Er konnte so etwas nicht begreifen. Und ebendieser Verwaltungsmann hatte auch das Empfehlungsschreiben für Vriens unterzeichnet, und er klärte Petersen jetzt näher über die Zusammenhänge auf.

»Ich kenne ihn nicht persönlich … Aber ein Freund von mir, der die Kapitänsschule von Delfzijl leitet, hat mir sechs Seiten über ihn geschrieben und ihn als einen fleißigen und ungewöhnlich aufrichtigen jungen Mann geschildert. Sein Vater ist stellvertretender Direktor beim Wetteramt von Java oder so was Ähnliches. Schon mit zehn musste Vriens die Gegend wegen seiner Konstitutionsschwäche verlassen; er hat also fast die ganze Jugend in holländischen Internaten verbracht ... So etwas wie Familienleben hat er kaum kennengelernt. Er ist in neun Jahren ganze zwei Mal zu Hause in den Ferien gewesen. Vor zwei Jahren nun ist seine Mutter auf Java gestorben, und er hat sie natürlich auch nicht ein letztes Mal sehen können ... Seither arbeitete er direkt verbissen, und sonntags konnten sie ihn in Delfzijl nur mit List oder einem Machtwort aus dem Schulschiff herauslocken ...«

Die Polarlys war jetzt auf dem zweiten Teil ihrer Reise. Die Strecke Hamburg – Bergen, das ist immer noch der Süden mit seinen großen Städten.

Von nun an jedoch (vor allem ab dem nächsten Tag, wenn sie Trondheim passiert hatten) legte das Schiff fast nur noch an einer hölzernen Pier an, die jeweils zu einem aus ein paar Blockhäusern bestehenden Flecken gehörte.

Die Fjordhänge zur Rechten des Schiffs waren bereits ganz weiß. Eiderenten flogen knapp über der Wasseroberfläche dahin, und Seeschwalben tauchten manchmal ein.

Petersen hatte damit begonnen, das Tagesgeschehen ins Schiffstagebuch einzutragen. Dann hatte er die Ellbogen auf das Mahagonitischchen aufgestützt. Er hatte einen Bogen weißes Papier vor sich und kritzelte gedankenverloren darauf herum.

Seine Befürchtungen hatten sich nach und nach wie von selbst in einer einfachen Skizze niedergeschlagen: Ein großer dicker Punkt zu Anfang, dann ein feiner, einfacher Tintenstrich. Wieder ein Punkt, ein Strich ... Nochmals Punkt ... Punkt ... Strich ... Das Ganze ergab eine unregelmäßige geometrische Figur, eine abknickende Linie mit einem schwarzen Punkt in jedem Eck.

Der erste Punkt stellte den in seiner Kabine ermordeten Polizeirat von Sternberg dar. Dann kam Ernst Ericksen, den es ja trotz allem in Fleisch und Blut geben musste – entweder auf dem Grund des Hafens von Stavanger oder in einem Winkel der Polarlys. Dann Peter Krull ... Ein längerer Strich, und er war bei Katia Storm angekommen. Petersen platzierte Vriens direkt daneben.

War das alles? Er zögerte, ließ die Hand weiterwandern und zeichnete mit spitzer Feder einen sechsten schwarzen Punkt: Arnold Schuttringer. Warum eigentlich nicht?

Ohne es zu wollen, hatte der Kapitän aus der Figur ein Vieleck gemacht. Aber es war noch offen; es fehlte die letzte Verbindung.

Petersen machte missmutig einen Strich durch die Zeichnung, stand auf und steckte sich die Pfeife an. Und das war der Augenblick, in dem er nach dem Steward klingelte und ihn bat, den Dritten Offizier zu ihm zu schicken.

Was ihn vielleicht am meisten verwirrte, war das Gefühl, dass es zwischen diesen sechs Punkten – diesen sechs Personen also – Zusammenhänge und Berührungspunkte gab, die ihm entgingen. Oder gar eine Komplizenschaft.

Wegen der ganzen Formalitäten hatte er in Bergen keine Zeit gefunden, nach Hause zu gehen und Frau und Kinder in die Arme zu schließen. Das hatte ihm die Laune noch mehr verdorben.

»Herein!«, brummte er plötzlich und setzte sich wieder.

Es war Vriens, der von der Wache auf der Brücke kam. Er steckte in seiner Uniform und hatte Reif auf den Schultern.

»Wollen Sie eigentlich sämtliche Wachen in diesem

Aufzug halten?« Und Petersen tippte auf einen der vergoldeten Knöpfe des Mantels, der genau wie die Uniformjacke Armeistreifen hatte und für die derzeitigen Temperaturen viel zu dünn war.

»Kapitän, ich …«

Aber nein, es kam nichts weiter. Es hatte ihm den Atem verschlagen! Er wusste im Übrigen auch nichts mehr zu sagen. Er hatte einfach nur diese eine Uniform! Vor vierzehn Tagen war er noch zur Schule gegangen und hatte die Schuluniform getragen. Er hatte gerade noch Zeit gehabt, nach Groningen zu fahren und sich die Kleidungsstücke zu bestellen, die ihm jetzt zum Vorwurf gemacht wurden.

»Setzen Sie sich, *Herr* Vriens!«

Petersen war umso mürrischer, als er selbst nicht recht wusste, warum er den jungen Mann zu sich gerufen hatte. Sein Blick fiel auf das Blatt Papier mit den sechs Punkten, von denen zwei ganz eng nebeneinander lagen. Was er dann aber sagte, stand in keinem Zusammenhang damit.

»Von jetzt ab werden Sie so freundlich sein, sich von einem Ihrer Kollegen oder einem der Lotsen einen Mantel zu borgen, wenn Sie Wache haben. Verstanden?«

»Jawohl, Herr Kapitän!«

»Kapitän reicht, das hab ich Ihnen schon mal gesagt! Ich habe Sie auch gebeten, sich zu setzen …«

Warum eigentlich hatte er solche Lust, ihn an den Schultern zu packen und zu schütteln? Ob er nun wollte oder nicht, er konnte dieser korrekten Gestalt gegenüber nicht ungerührt bleiben – diesen schmalen Schultern, dem fahlen Gesicht, den fiebrig glänzenden Augen und den zusammengekniffenen Nasenflügeln … Der Anblick beeindruckte ihn vielleicht mehr als die Leiche Sternbergs.

»Ich möchte Ihnen vor allem dies hier zurückgeben.« Und Petersen reichte ihm die beiden rosa Garderobenkarten aus dem Kristall.

Vriens konnte sich nicht mehr beherrschen und fuhr auf.

»Sie können sich natürlich nach Lust und Laune amüsieren, sobald Sie an Land sind«, fuhr Petersen fort. »Ich würde es trotzdem begrüßen, wenn dies nicht ausgerechnet in Begleitung unserer weiblichen Passagiere erfolgte …«

Petersen merkte, dass er im Unrecht war. Noch nie hatte er einem seiner Männer gegenüber eine ähnliche Bemerkung gemacht. Im Gegenteil! Im Sommer, wenn die Polarlys bis zu hundert Touristen an Bord hatte, kam es auf jeder Passage zu Liebesabenteuern, die die Männer einander lachend erzählten, während sie Wache schoben.

»Wer hat Ihnen gesagt, dass …«

»Dass Sie mit Fräulein Storm im Kristall waren? Streiten Sie das ab?«

Vriens war aufgestanden. Wenn überhaupt möglich, war er noch blasser als sonst, mit trockenen, farblosen Lippen. Aber er richtete sich, so wie er war, kerzengerade auf. Die Empörung stand ihm ins Gesicht geschrieben, aber er brachte es fertig, Ruhe zu bewahren. »Sprechen Sie weiter«, kam es distanziert von seinen Lippen.

»Haben Sie diese Frau gekannt, bevor Sie in Hamburg an Bord gingen?«

Der Junge war gerade neunzehn und nur halb so breit

und so kräftig wie Petersen. Aber er reckte sich wie ein junger Hahn.

»Es gibt Fragen«, betonte er und sah dabei weg, »auf die ein Gentleman nicht zu antworten braucht.«

Kapitän Petersen lief rot an, stand ebenfalls auf und hätte dem Jungen um ein Haar eine Ohrfeige verpasst. »Und seit wann lügt ein Gentleman?«, entgegnete er bitter. »Seit wann macht ein Gentleman bei der Polizei falsche Aussagen? Will gesehen haben, wie ein Mann ins Wasser gesprungen ist und hat bloß einen Sack Kohle über Bord gehen sehen?«

Er bedauerte beinahe seinen Ausfall bei dem erbärmlichen Anblick, den Vriens nach diesen Worten bot. Der junge Mann hatte den Mund aufgerissen, ohne einen Ton herauszubringen. Er konnte nicht mehr durchatmen. Seine Augen waren vor Schreck geweitet auf Petersen gerichtet. Und die weißen Finger griffen ins Leere.

»Ich ... ich ...«

»Was ...? Haben Sie nun wirklich Ericksen ins Wasser springen sehen?«

Schweißperlen rannen dem Dritten Offizier über die Stirn, und der Adamsapfel hüpfte in rascher Folge auf und ab.

»Ich habe nichts dazu zu sagen ...«

Dabei war er drauf und dran, in Tränen auszubrechen, da war sich der Kapitän sicher. So sicher, dass er ihm beinahe auf die Schulter gehauen und ihm am liebsten zugerufen hätte: ›Drehen Sie doch nicht so durch, Sie Dummkopf! Glauben Sie etwa, das lohnt sich für eine Frau, für eine Katia Storm?‹ Aber er sagte es nicht, und das bereute er später. Er betrachtete stattdessen sein fast fertiges Vieleck und rückte im Geist die beiden Punkte noch enger zusammen, die das Paar Storm / Vriens darstellten. Er war zu wütend, um einen falschen Impuls zu unterdrücken. »Also das nennt man auf der Schule von Delfzijl einen ungewöhnlich aufrichtigen jungen Mann ...«, brummte er laut genug, dass Vriens es verstehen konnte.

Worauf Vriens – fast schreiend, mit abgehackter Stimme und Tränen an den Wimpern – ihm entgegenschleuderte: »Besteht in Norwegen Aufrichtigkeit darin, dass man eine Frau verrät?«

Er konnte nicht mehr. Er war zu Gott weiß was fähig. Sein Atem ging stoßweise.

Der Kapitän war einen Moment erstickt vor Zorn. »Wenn diese Frau ein Flittchen ist ...«

»Schweigen Sie! Ich verbiete Ihnen ...«

O ja, Petersen schwieg. Seine Wut war plötzlich verraucht. Es wurde ihm klar, wie lächerlich diese Szene war, wie primitiv und mies dieser ganze Wortwechsel.

Zum Schluss wäre es zwischen ihm und diesem überdrehten Jungen mit dem krampfhaften Zucken um den Mund noch zu Handgreiflichkeiten gekommen! Widerlich ... Und noch dazu die Seitenhiebe auf die Nationalität, wie immer in solchen Fällen.

Schweigen. Der Kapitän begann in seiner drei Meter langen Kabine auf und ab zu schreiten.

»Kann ich sonst noch etwas für Sie tun?«, brachte Vriens mühsam heraus.

Petersen antwortete nicht gleich. Er setzte seinen Marsch fort, ergriff dann das Blatt Papier mit dem Vieleck und zerknüllte es. »Es hat einen Toten gegeben ...«, sagte er leise.

Er entschuldigte sich auf die Art, ohne wirklich um Entschuldigung zu bitten.

Vriens hatte es anders aufgefasst. »Wollen Sie mich beschuldigen, dass ich ...?«

»Können Sie Französisch lesen?«

»Ein wenig.«

»Na schön, dann sehen Sie sich das an ...« Er streckte ihm die Zeitung entgegen, die er unter Sternbergs Kopfkissen gefunden hatte, setzte sich an seinen Schreibtisch und tat so, als vertiefe er sich in sein Schiffstagebuch, während Vriens das Blatt entfaltete.

War alles schlecht gelaufen ... Kein Grund, stolz auf sich zu sein.

Und überhaupt ... Warum hatte er sich gerade an Vriens gehalten und nicht an irgendeinen anderen? Gewiss, da waren die Garderobenkarten aus dem Kristall, der rosa Papierschnipsel bei Katia Storm. Da waren der Dienstantritt des jungen Mannes an Bord der Polarlys um zehn Uhr vormittags und sein fahlgraues Gesicht. Da war ... ja, die Tatsache, dass die Deutsche ihn am ersten Abend rufen ließ und mit ihm volle zwei Stunden auf Deck herumspaziert war ... Und schließlich die Nacht in Stavanger: die beiden zusammen in einer Kabine!

Aber sonst? Hatte Katia Storm auch nur andeutungsweise etwas getan, das eine Verdächtigung rechtfertigte? In der französischen Zeitung war weder von ihr noch überhaupt von einer bestimmten Frau die Rede. Und eine Frau wäre gar nicht fähig gewesen, Sternberg mit solcher Kraft und Rohheit umzubringen.

Petersen bekam einen roten Kopf, als er daran zurückdachte, wie *er* am ersten Tag gebannt auf ihre Beine ge-

starrt hatte, als sie die Treppe zum Rauchsalon hinauf-
gegangen war. Und ganz besonders auf das Stückchen
nacktes Bein über ihrem Strumpf!

War er etwa auf seinen Dritten Offizier schlicht eifersüchtig? Wütend, mitansehen zu müssen, wie der ihm so
mir nichts, dir nichts ein Abenteuer wegschnappte?

Stimmt nicht, beteuerte er vor sich selbst. Ich fühle genau, dass da noch was anderes ist … Aber er hätte nicht
sagen können, was! Und das nagte an ihm. Er fühlte sich
beschämt und schlecht in Form.

»Was sagen Sie dazu, Vriens?« Er hatte diesmal das ironische *Herr* sein lassen, das er bisher angewendet hatte.

Der junge Mann war mit dem Artikel fertig und las die
Zeitung mechanisch weiter.

In sein Gesicht war ein düsterer Zug getreten, und er
hielt sich nicht mehr so steif. »Warum haben Sie mir das
zu lesen gegeben?«, fragte er ängstlich. »Wo ist der Zusammenhang?«

»Das will ich Ihnen sagen! Allem Anschein nach dürfte
Polizeirat von Sternberg an Bord gewesen sein, um den
Mörder von Marie Baron, vielleicht auch dessen Kom-
plizen zu stellen … Vergessen Sie nicht, dass in der Rue
Delambre auch Frauen mit dabei waren …«

Vriens war ein Mensch der Extreme, weiß Gott. Seine
Haltung schlug abermals total um. Eine eisige Ruhe ging
von ihm aus. »Ist das alles?«, fragte er.

Aber lag da nicht Verwirrung in seinem Blick?

»Reicht Ihnen das etwa nicht? Überlegen Sie – der
Mann, der das junge Mädchen getötet hat … Er ist an
Bord!«

»Und Sie glauben, dass ich das bin?« Er sagte das mit

einem matten Lächeln, das schmerzlicher war als ein Tränenausbruch.

Petersen war mit seiner Geduld am Ende. »Ab mit Ihnen!«, brummte er. »Nehmen Sie Ihre Wache wieder auf! Ich kann nur hoffen, die frische Luft wird Ihnen guttun …« Er hätte es gern gesehen, wenn Vriens es für richtig gehalten hätte, nicht einfach so zu gehen, und beobachtete ihn aus dem Augenwinkel.

Der junge Mann wandte sich um und ging hinaus.

Als Petersen wieder allein in der Kabine war, klaubte er das Papier mit den Punkten und den Verbindungsstrichen auf, entfaltete es, knüllte es dann ein weiteres Mal zusammen und warf es in den Papierkorb.

Als sie an diesem Abend bei Tisch saßen, bat Katia Storm den Kapitän zweimal um Feuer und sprach ihn immer wieder auf die überwältigenden Naturschönheiten an, die es auf der Fahrt zu bewundern gab.

Der Polizist aus Stavanger, ein gewisser Jennings, hatte selbst vorgeschlagen, die Mahlzeiten getrennt von den anderen einzunehmen. Auf die Art speiste immer das gleiche Grüppchen an dem einen Ende des langen Tischs, umsorgt von dem Steward mit der weißen Weste, dem blonden Haar und dem schüchternen Lächeln.

Der Kapitän saß am Kopfende; zu seiner Rechten Katia Storm, und die wiederum hatte Evjen neben sich und Schuttringer als Vis-à-vis. Wenn Katia nicht sprach, kam es vor, dass eine Mahlzeit schweigend verlief.

Danach gab es nichts weiter zu tun, als sich zum Rauchsalon zu schleppen, wo die Deutsche inzwischen gewohnheitsmäßig das Einschenken des Kaffees übernommen hatte; der Steward begnügte sich damit, Kanne und Tassen auf einen Tisch zu stellen.

»Wann kommt die große Kälte?«

»Um die Jahreszeit brauchen Sie nur mit mittleren Minustemperaturen zu rechnen: Etwa zwölf Grad unter Null auf Höhe der Lofoten und siebzehn oder achtzehn im Eismeer«, übernahm Evjen die Antwort.

Petersen stellte beunruhigt fest, dass auch Evjen durch seine Tischnachbarin aus dem Gleichgewicht gebracht war. Das war umso bemerkenswerter, als er schon mehr als einmal während einer ganzen Überfahrt kein einziges Wort an seine Nachbarn gerichtet hatte. Und die wiederum hatten verwundert auf diesen reservierten Mann mit den bedächtigen Bewegungen und den Augen geblickt, die grau waren wie die See draußen, auf die er stundenlang starren konnte, während er reglos irgendwo an Deck oder im Rauchsalon saß.

Wird sie eigentlich noch alle um den Finger wickeln? fragte sich der Kapitän im Stillen und warf Schuttringer einen Blick zu.

Der kahlgeschorene Deutsche jedoch, der seit zwei Tagen in einer Strickjacke zu den Mahlzeiten erschien, verlegte sich offenbar ausschließlich und mit einer Hingabe aufs Essen, die schon an Gefräßigkeit grenzte.

Bei den allabendlich aufgetragenen kalten Platten war zum Beispiel immer auch Zunge dabei. Und dafür schien Schuttringer eine besondere Schwäche zu haben, denn er schnitt sich regelmäßig bis zu zehn Scheiben ab, die er mit Butter bestrich, bevor er sie verdrückte. Noch dazu schnitt er die Scheiben so dick, dass der Steward dem Kapitän unweigerlich einen besorgten Blick zuwarf, als wollte er sagen: ›Wie sollen wir über die Runden kommen, wenn's so weitergeht!?‹

Als Petersen aufstand, hielt Katia ihn mit einer Frage zurück: »Weiß man inzwischen etwas über den Passagier, der in Stavanger ins Wasser gesprungen ist? Die Polizei von Bergen wird sich doch auch um den Fall gekümmert haben …«

Der Kapitän sah ihr direkt in die Augen – zu lange, denn er merkte, dass Evjen die Verdächtigung erriet, die in diesem Blick lag, und wegsah.

Katia blieb ungerührt und behielt sogar ihre fast dreißig Zentimeter lange Zigarettenspitze im Mund. Sie war wirklich umwerfend!

Wie sollte man diese Aura von Sinnlichkeit erklären, die sie umgab und von ihr ausstrahlte? Und vor allem, wie sollte man diese Ausstrahlung mit dem Kindlichen ihres Aussehens, ihres Wesens vereinbaren?

Ja, wirklich, sie machte den Eindruck eines Kindes – eines perversen Kindes. Genauer, eines perversen Kindes voller Unschuld … Zwei widersprüchliche Begriffe. Und doch waren sie auf sie anwendbar – nicht etwa abwechselnd, sondern gleichzeitig.

Sie wandte zum Beispiel nie die Augen ab, wenn man sie ansah. Andererseits hatte in ihren Augen aber auch noch nie Herausforderung gestanden. Und dennoch …

Sogar Evjen, der Mann aus dem hohen Norden, der Bergwerksdirektor von Kirkenes, dessen Teint durch das Leben im ewig kalten Licht farblos geworden war – sogar er erlag sekundenlang so offenkundig ihrem Reiz, dass er sein Gesicht vor dem Kapitän zu verbergen suchte.

Ob sie nun Schwarz trug oder Rosé, ob sie in Tuch

oder in Seide gekleidet war – immer erriet man ihre Formen, und man glaubte die Wärme und den Duft ihres Körpers zu spüren. Wenn sie sich nach vorn neigte, schaute man automatisch auf den Brustansatz, und wenn sie ging, blieb der Blick an ihren schön geformten Beinen mit den feinen und doch nicht knochigen Gelenken hängen.

Petersen hasste sie und konnte sich ihrem Charme doch nicht entziehen. »Fürchten Sie sich vor diesem Passagier?«, fragte er.

»Er ist ein Mörder, nicht wahr? Also ...«

»Und wenn er nun ertrunken wäre? Würde Sie das freuen?«

»Sagen wir, wenn er nicht mehr an Bord wäre, zumindest.« Sie schauderte; aber bei ihr hatte sogar die Angst etwas Wollüstiges.

»Nun dann ...« Er zögerte. Er sah zuerst Schuttringer an, dem diese Unterhaltung nicht zu behagen schien, weil sie das Kaffeetrinken verzögerte. Dann wanderte sein Blick zu Evjen und weiter zu Katia, die ihn unbeeindruckt ansah. »Nun dann ... Es ist nicht erwiesen, dass wir *keinen* Mörder an Bord haben!«

»Sie wollen mich erschrecken, nicht wahr?«

»Vielleicht ...«

»Das müssen Sie uns erklären, Kapitän. Wo er doch gesehen wurde, wie er ins Wasser gesprungen ist ...«

Petersen fühlte eine ganz gemeine kalte Wut auf sie in sich hochsteigen, weil er sie plötzlich wieder vor sich sah, wie sie mit Vriens in ihre Kabine gegangen war. Und während er auf ihre Schulter starrte, wurde er das Bild seines Dritten Offiziers nicht los, dessen Kopf in Stavanger im Dunkel des Achterdecks dort gelegen hatte. »Sie brauchen nichts zu befürchten! Er wird bestimmt verhaftet, bevor er nochmals jemand umbringen kann ...«

Evjen setzte eine ungeduldige Miene auf. Schuttringer hatte, um die Zeit totzuschlagen, nochmals zu den kandierten Aprikosen gegriffen und aß sie mit der gleichen Hingabe, die er auf alle Dinge verwandte.

»Sie können einem direkt Angst machen, Kapitän«, antwortete sie, und ein kleiner Schauer lief ihr den Nacken hinunter. »Sie sind aber böse heute Abend ...«

Er stand auf, ließ die Passagiere vorgehen und blieb wie gewöhnlich kurz im Korridor stehen, um sich eine Pfeife zu stopfen.

»Stimmt das, was Sie da grade gesagt haben?« Der Steward war zu Petersen getreten. »Der Mörder ist noch ...«

»Aber nein! Unsinn!«

»Hab ich mir's doch gedacht! Denn sonst ...«

»Denn sonst?«

»... hätte ich in Trondheim abgemustert! Allein der Gedanke, dass ...«

Petersen ging in seine Kajüte, und als er wieder herauskam, sah er den Polizisten, der jetzt ebenfalls zum Essen ging und ihn von weitem respektvoll grüßte.

Es war Wind aufgekommen, man merkte es an den Bewegungen des Schiffes. Die Dünung klatschte immer stärker backbords gegen den Schiffsrumpf.

Sollte er in den Rauchsalon hinauf oder lieber einen Blick in die Kabine von Vriens werfen, der gerade seine Wache beendet hatte? Oder sich vielleicht oben auf der Brücke von der frischen Luft durchpusten lassen?

Dieses Nachdenken und Herumgrübeln ging nun

schon drei Tage, und ihm verdankte er einen dumpfen, hartnäckigen Schmerz hinter den Schläfen.

Er konnte von hier aus Inspektor Jennings sehen, der während des Essens in den Illustrierten blätterte, die er in Bergen gekauft hatte.

Dann ertappte er sich dabei, wie er stellvertretend für die schwarzen Tintenstriche und die Punkte in Gedanken Namen aneinanderreihte: ›Vriens … Katia … Schuttringer … Peter Krull … Bell Evjen …‹ Tatsächlich: Jetzt bezog er schon Bell Evjen mit ein, den er seit acht Jahren kannte!

Jemand hatte geklingelt, und der Steward erschien. »Ich muss in den Rauchsalon«, sagte er im Vorübergehen. Und als er zurückkam, schwang in seiner Stimme ein Gemisch aus Verwunderung und Respekt: »Sechs Flaschen Champagner! Für die Dame …«

Die Dame erschien oben auf der Treppe. »Kommen Sie doch einen Moment rauf, Kapitän«, rief sie ihm zu. »Kommen Sie! Mir ist eben eingefallen, dass ich heute Geburtstag habe … Und das will ich feiern! Ich bin nämlich furchtbar abergläubisch!«

Und wieder sah Petersen von unten her ihre Beine, ihre Knie. Und irgendwie schaffte sie es, dass man möglichst viel sah …

»Alle sollen mitmachen … Auch Ihre Offiziere!«

Petersen stieg langsam nach oben. In Gedanken war er immer noch bei den schwarzen Punkten, die er mal näher aneinanderrückte, mal auseinanderschob.

Im Rauchsalon saßen Bell Evjen und Schuttringer zum ersten Mal am gleichen Tisch und wechselten ein paar belanglose Sätze, um sich miteinander bekannt zu machen.

»Ich hab mir schon immer eingeredet«, sagte Katia Storm aufgekratzt, »dass ich mich an meinem Geburtstag unbedingt amüsieren muss … Weil sonst mein nächstes Lebensjahr ganz traurig wird. Geben Sie mir Feuer, Kapitän … Nein, nicht so – mit Ihrer Pfeife! – Wir machen uns alle einen netten Abend, ja? Es kommt doch wohl nicht zu viel Wind auf heut Nacht, oder?«

»Holen Sie die beiden wachfreien Offiziere«, sagte Petersen zu dem Steward, der gerade mit sechs Flaschen Champagner und den Schalen hereinkam.

Der Polizeibeamte, der sich ganz allein im Speisesaal aufhielt und von niemand bedient wurde, stand unterdessen ein paar Mal auf, um sich von einer weiter entfernt stehenden Platte etwas zu holen. Wie Schuttringer entwickelte er allmählich eine gewisse Vorliebe für die schönen roten Zungenscheiben. Er allerdings – und das machte es komplizierter – bestrich jede Scheibe mit Pflaumenmus.

Der Steward kam mit einer Entschuldigung zurück.

»Schon gut«, sagte Jennings mit vollem Mund und einem freundlichen Lächeln, »ich hab mir schon selbst genommen … Sagen Sie – warum machen die eigentlich so viel Krach da oben?«

6

Katias Geburtstag

Der Zweite, der nicht wusste, warum man ihn holen ließ, traf in dem Moment in seiner abgetragenen und speckigen Alltagsuniform ein, als Katia Storm gerade die Champagnerschalen herumreichte. Er bekam ebenfalls eine in die Hand gedrückt und wandte sich wie ratsuchend zum Kapitän um, merkte dann aber, dass Petersen nicht weniger verlegen war als er selbst.

Aus Verlegenheit hätte Petersen auch beinahe zu früh getrunken, um ungezwungen zu erscheinen. Glücklicherweise wurde er durch eine Bemerkung der jungen Frau daran gehindert.

»Es fehlt noch jemand«, sagte sie zur Tür gewandt. Vriens traf endlich ein und blieb kurz verblüfft auf der Schwelle stehen, weil alle Augen auf ihn gerichtet waren.

»Kommen Sie, trinken Sie auf meine Gesundheit, Vriens!«

Die Atmosphäre war steif; es wollte keine Stimmung aufkommen. Nur die Deutsche war in Schwung; sie redete und lächelte pausenlos, und es war unglaublich, wie sie einfach nicht zur Kenntnis nahm, dass ihre Fröhlichkeit so ohne Resonanz blieb.

»Prost!«, rief sie und hob die Schale an die Lippen. »In einem Zug …« Sie warf den Kopf leicht nach hinten und leerte das Glas bis auf den letzten Tropfen.

»Machen Sie uns die nächste Flasche auf, ja?«, sagte sie zu Evjen, und an Vriens gewandt: »Holen Sie doch mal das Grammophon und die Platten aus meiner Kabine ...«

Der Kapitän und Schuttringer hatten sich gesetzt; die anderen standen herum, und der Zweite Offizier sah aus, als warte er nur auf eine günstige Gelegenheit, wieder zu gehen.

Evjen ging der jungen Frau beflissen zur Hand, fand es aber wohl doch ein wenig genierlich. Geschickt öffnete er die Flaschen und füllte die Schalen.

»Es ist sehr kalt hier drin, Kapitän! Funktioniert die Heizung nicht richtig?«

Petersen beugte sich über die hinter der Täfelung versteckte Heizung und drehte den Hahn ganz weit auf, sodass ein kleiner Dampfstrahl entwich. Von dem Augenblick an war im Raum ein kontinuierliches Pfeifen zu hören, das jedoch meistens in den anderen Geräuschen unterging.

»Ihr Glas, Kapitän! Das hier ist kein Kaffee! Davon verträgt man 'ne Menge?«

Vriens kam mit einem Koffergrammophon und einigen Plattenhüllen zurück, die er auf einen Tisch legte.

»Sehr gut! Sie sind ein Schatz ... Legen Sie einen Tango auf ... Tanzen Sie Tango, Kapitän?«

»Ich tanze nicht.«

»Wie – nie?«

»Nie ... Entschuldigen Sie mich bitte.«

»Und Sie, Herr Evjen?«

»Ich tanze sehr schlecht ...«

»Ach, das macht nichts! Kommen Sie, wir tanzen ...

Nein, trinken Sie zuerst! Und Sie, mein Lieber, füllen die Gläser auf, während wir tanzen ...«

Die letzten Worte waren an Vriens gerichtet, der das Grammophon in Gang gesetzt hatte. Die Atmosphäre lockerte sich allmählich. Die Tangotakte flossen weich dahin. Ein deutscher Tenor sang.

»Aber Sie tanzen sehr gut! Warum haben Sie vorhin gesagt ...«

Der Rest der Unterhaltung ging unter. Katia lag schmiegsam und aufreizend an Evjens Brust. Evjen war viel größer als sie und hielt sich steif und etwas feierlich vornübergebeugt.

Vriens musste dicht vor Petersens Stuhl vorbei, um zu dem Tisch mit den Gläsern zu kommen. »... 'zeihung«, stammelte er und blickte weg.

Schuttringer saß auf der Polsterbank, rührte sich nicht und schaute durch seine die Augen verzerrenden Brillengläser starr geradeaus.

Katia quittierte eine Bemerkung ihres Kavaliers mit einem Lachen. Sie war unwahrscheinlich aufgedreht. Petersen, der sie dauernd beobachtete, hätte allerdings einen Eid darauf geleistet, dass diese Aufgedrehtheit gespielt war.

»Ja, trinkt denn hier niemand?«, rief sie, als die Platte zu Ende war. Und sie nahm Vriens etwas ungeduldig eine Flasche aus der Hand, die der nicht aufbrachte, und löste den Drahtverschluss. Der junge Mann bekam einen roten Kopf. »So legen Sie doch eine neue Platte auf ... Was machen Sie denn?«

Unter anderen Umständen hätte Petersen unwillkürlich vor sich hingelächelt. Seit Vriens den Fuß hereingesetzt hatte, wurde er von einer Ecke zur anderen geschickt. Er gehorchte, aber offensichtlich widerwillig.

»Aber nein – doch nicht dieses abgedroschene Zeug! Da, in der rosa Hülle, ist noch ein ausgezeichneter Blues ...«

Sie ging auf den Zweiten Offizier zu, der nicht wusste, wo er mit sich hin sollte, und sagte einschmeichelnd: »Kommen Sie, tanzen wir ...«

Wie und wann sprang der Funke über? Es dauerte jedenfalls lang. Katia hatte dem Steward geläutet, und der brachte weitere sechs Flaschen.

»Warum trinken Sie denn nicht?«, beklagte sie sich. »Ist schließlich mein Geburtstag! Ich will, dass alle lustig sind!«

Sie versuchte unermüdlich, Stimmung zu machen. Sie tanzte mit Arnold Schuttringer, der den Tanz mit der gleichen geduldigen Ausdauer absolvierte wie seine Morgengymnastik und im Übrigen den Mund nicht aufmachte.

Einmal verlor sie ihren Satinschuh. »Heben Sie ihn auf, Kleiner«, wandte sie sich an Vriens, und der bückte sich ergeben.

Sie lachte, aber es klang wie unterdrücktes Weinen. Sie trank mehr als die anderen, weil sie jeden Augenblick mit zwei Gläsern in den Händen auf einen anderen zuging. »Prosit!« Und das Glas wurde geleert. Ihr Gesicht wurde rosiger, und ihre Augen funkelten.

»Kann ich mich jetzt nicht schlafen legen?«, fragte der Zweite leise nach einer Stunde.

Petersen bedeutete ihm zu bleiben. Der Heizkörper

spuckte, der Raum war überheizt, und die Luft war zum Schneiden vom vielen Rauchen.

Katia stellte fest, dass ihr Zigarettenetui leer war, und Evjen hielt ihr seines hin. »Danke, die sind zu schwer«, lehnte sie ab. »Vriens holt mir eine neue Schachtel aus meiner Kabine ... Nicht wahr, Kleiner?«

Er brachte eine Schachtel sehr teurer Zigaretten mit rosa Mundstück, und sie legte sie zwischen die Flaschen und die Gläser. Das Grammophon lief immer noch.

Bell Evjen hatte zwei- oder dreimal zu einer Unterhaltung mit Schuttringer angesetzt, aber der antwortete so lakonisch, dass Evjen es schließlich aufgab. Der junge Deutsche mit dem Kahlkopf *trank,* sonst tat er nichts. Er leerte ein Glas nach dem anderen – genauso, wie er bei Tisch eine Fleisch- oder Wurstscheibe nach der anderen in sich hineinstopfte. Sein strahlendes Gesicht drückte glückselige Zufriedenheit aus.

Petersen trank auch, weil es nicht anders ging, da Katia ihm ständig ein neues Glas hinstreckte. Wie viel mochte er schon getrunken haben? Er hätte es nicht sagen können ... Normalerweise blieb er nüchtern; wenn die Touristen im Sommer eine Party steigen ließen, verschanzte er sich hinter Vorschriften, die der Besatzung den Genuss alkoholischer Getränke untersagten.

Trotzdem, diesmal bereitete ihm das irgendwie noch Vergnügen. Vielleicht deshalb, weil er mit Hilfe des Alkohols die Stimmung intensiver erfasste und all das Seltsame, das unausgesprochen blieb und irgendwie nicht stimmte ...

Schon oft hatte man hier in diesem Rauchsalon Platten laufen lassen, während der mächtige dunkle Rumpf der Polarlys sich durch die überkommenden Brecher kämpfte und der Lotse Mühe hatte, nicht vom Sturm von der Brücke gefegt zu werden. Den Kontrast zwischen den Jazzrhythmen drinnen und den schrillen Möwenschreien draußen empfanden die Touristen als prickelnd, und besonders die Frauen gerieten aus dem Häuschen.

Heute aber war kein Kontrast da. Die Außenwelt existierte nicht; niemand kümmerte sich um sie. Kein Gesicht, das am Bullauge hing und die schneebedeckten Fjordeinschnitte zu erkennen suchte.

Es spielte sich alles nur drinnen im Rauchsalon ab. Und man hätte noch nicht einmal sagen können, was sich wirklich abspielte.

Da war eine junge, schöne und sinnliche Frau, die schallend lachte und den Kopf dabei in den Nacken warf, die von Minute zu Minute betrunkener wurde und versuchte, die anderen mitzureißen.

Petersen suchte Zusammenhänge ... Da waren seine sechs schwarzen Punkte und die Striche, die unschlüssig von einem Punkt zum anderen gingen ... Aber es fehlte ihm das Verbindungsglied zu dem toten Sternberg und zu der nackten Leiche der jungen Marie Baron, die in einem Atelier der Rue Delambre aufgefunden worden war. Und zu dem Mörder ...

Er konnte kein einziges Mal einen Blick von Vriens aufschnappen, der die ihm zugewiesene Rolle zähneknirschend ertrug.

»Worauf warten Sie noch? Machen Sie die nächste Flasche auf!«, ermahnte sie ihn.

Noch einer, dem das Weinen in der Kehle steckte ... Sie musste es gemerkt haben. Und da sie schon viel getrunken hatte, gab sie ihm plötzlich einen Kuss in den Mundwinkel und murmelte ihm zu: »Komischer kleiner Schatz du … Lass uns tanzen! Ich will es …«

Petersen zählte die leeren Flaschen. Es waren acht. Und sie waren zu sechst! Betrunken war niemand. Aber Evjen verfolgte Katias Bewegungen schon mit Blicken, die alles sagten. Schuttringer döste, und wenn er noch ein oder zwei Gläser mehr getrunken hatte, dann schnarchte er bestimmt.

Nur Katia machte nicht schlapp und sorgte noch für etwas Stimmung. Und sie merkte das. Von Minute zu Minute war ihr ein neuer Scherz, eine komische Bemerkung eingefallen. Dann wieder lachte sie schallend auf, oder sie machte ein paar verrückte Tanzschritte vor. »Sie amüsieren sich nicht!«, seufzte sie trotzdem. »Und ich würde mich so freuen, wenn sich alle amüsieren …! Das ist nicht nett, Kapitän! Kommen Sie, tanzen Sie mal mit mir …«

Ihre Stimme klang so flehentlich, dass sie einem fast leidtun konnte. Und stand in ihren Augen nicht immer wieder Angst vor der Stille, die unweigerlich eintrat, sobald sie mit ihrem Theater aufhörte?

Er tanzte ungeschickt und fühlte den Blick von Vriens auf sich gerichtet, der ganz allein in einer Ecke stand.

»Warum sind Sie so ernst?«

»Aber …«

»Alle sind so ernst! Und ich, ich kann das nicht ertragen … Kommen Sie, trinken Sie! Doch!! Ich will es …!« Sie zog ihn zu dem Tisch, der als Büfett benutzt wurde. »Komm du auch, Darling«, sagte sie zu Vriens. »So komm schon … Ich will nicht, dass ihr alle so seid … Einfach unmöglich, so was …«

Diesmal übertrieb sie wirklich. Sie kippte dreimal hintereinander ein volles Glas hinunter und fuhr sich mit der Hand über die Stirn.

»Gebt mir eine Zigarette ... Nein, nicht von denen ... Meine müssen hier irgendwo liegen ... Na so was! Vriens!« Sie stampfte ungeduldig mit dem Fuß. »Zieht hier denn niemand das Grammophon auf ...«

Sie setzte sich zum ersten Mal, seit die Party begonnen hatte, und schaute achselzuckend zu Schuttringer hinüber, der wie aus Stein gemeißelt aussah. »Setzen Sie sich zu mir, Kapitän ... Und du auch, Darling ...« Sie wollte sie beide neben sich sitzen haben – Petersen rechts und Vriens links.

Der junge Mann zögerte, der Aufforderung nachzukommen.

Sie explodierte. »Was habt ihr eigentlich alle? Sind wir vielleicht auf 'ner Beerdigung hier? Gebt mir was zu trinken ... Doch! Ich will es! Dann trink ich eben allein! Ist auch egal ...«

»So bleiben Sie doch ruhig«, schaltete sich Petersen ungeschickt ein.

»Warum wollen Sie eigentlich, dass ich ruhig bin? Ist Ihr Schiff vielleicht eine Kathedrale? Musik! Ich will Musik haben!«

Das war nicht mehr die gleiche Frau. Unterschwellig war zwar immer eine nervöse Unruhe in ihr gewesen – wenigstens hatte man diesen Eindruck gehabt. Aber jetzt brach es aus ihr heraus; sie war ein hemmungsloses Geschöpf, das sich nicht mehr bremsen konnte.

»Wer trinkt mit mir? Niemand ...?«

Vriens beugte sich zu ihr und raunte ihr etwas zu – offensichtlich ein Appell an ihre Vernunft.

»Und du lässt mich in Ruhe … Wenn ich trinken will, dann geht das niemand was an, klar?«

Es konnte nicht mehr lange dauern, bis sie einen hysterischen Anfall bekam, der Kapitän spürte das. Er schreckte einesteils davor zurück und war andernteils froh darüber. Vielleicht kam er in diesem Treibhausklima doch noch zu neuen Erkenntnissen …

Er konnte sich bereits jetzt in den Bericht der Concierge einfühlen und sah in Gedanken Frauen wie Katia in dem Atelier in der Rue Delambre.

»Geben Sie mir Feuer …« Sie sah sich die drei noch unangebrochenen Flaschen an.

Schuttringer hatte sich gerade eine dicke schwärzliche Zigarre angezündet, die einen scharfen Geruch verbreitete. Und Evjen gab sich so unbefangen wie möglich.

Da stand sie abrupt auf, fegte mit einer heftigen Armbewegung die Flaschen vom Tisch und rannte zur Tür. Dort hielt sie einen Moment inne, drehte sich um und bemerkte Vriens, der hinter ihr herkam. »Nein … Nicht nötig«, stieß sie gepresst hervor. Dann stieg sie so schnell die Treppenstufen hinunter, dass sie nur durch ein Wunder das Gleichgewicht behielt.

Der junge Mann zögerte einen Moment und ging schließlich auch hinaus.

Petersen sah die anderen an: Bei allen das gleiche bestürzte Gesicht.

»Kann ich mich jetzt schlafen legen?«, fragte der Zweite halblaut.

Evjen fing an, mit düsterer Miene im Rauchsalon auf und ab zu gehen.

Der Kapitän ging zur Tür, wo er beinahe mit dem Steward zusammengestoßen wäre. Er zog ihn aufs Promenadendeck hinaus. »Wo ist sie?«, fragte er, während der einsetzende Sturmwind Schneeflocken um sie herumwirbelte.

»In ihrer Kabine ... Was ist passiert ...? Die Tränen sind ihr nur so übers Gesicht gelaufen, als sie an mir vorüberkam ...«

»Und Vriens?«

»Sie hat ihm die Tür vor der Nase zugemacht. Er redet durch die Tür auf sie ein. Ich konnte aber nicht hören, was er ihr sagt ... Ist sie betrunken? Noch eine Frage, Kapitän: Soll ich den Champagner auf ihre Rechnung setzen?«

»Aber natürlich ... Geh jetzt ...« Petersen hatte im Dunkel die Umrisse einer Gestalt erkannt. Genauer gesagt, er hatte anfangs nur den kleinen roten Punkt einer Zigarette gesehen. Er trat rasch auf die Gestalt zu und musste mit dem Gesicht ganz nahe heran, ehe er den anderen erkennen konnte. Es war der Kohlentrimmer. »Was machst denn du hier?«

Der Kohlentrimmer nahm gemächlich seine Zigarette aus dem Mund. »Sehen Sie ja ... Ich schnappe frische Luft!«

»Hast du deine Freiwache?«

»Nein! Aber ich hab dem anderen eine Krone gegeben, damit er mich eine Weile ersetzt. Ist mein gutes Recht! Solang der Heizer Kohlen hat ...« Er machte keinen Versuch, seine Anwesenheit hier oben zu erklären oder auch nur möglichst natürlich zu wirken. Im Gegenteil – die kleinen Augen funkelten boshafter denn je. »Ganz schön nervös, die junge Dame«, fügte er hinzu.

Petersen hatte sich gerade überlegt, wie er sich weiter verhalten sollte. »Hast du durchs Bullauge geschaut?«

»Ja! Die ganze Zeit!« Er spuckte über die Reling und versuchte, sich trotz der Windböen eine neue Zigarette zu drehen.

»Bist du ihr schon mal begegnet – ich meine, woanders als hier?«

»*Ihr* nicht direkt! Aber Frauen ihres Kalibers! Ich hatte selber so eine!«

»Wohl in den Hamburger Spelunken, was?«, gab Petersen zurück, um den anderen auf seinen Platz zu verweisen.

»Nein, in Berlin. Kennen Sie den Westteil der Stadt? Die Jakobstraße? Eine schöne ruhige Straße – große moderne Villen mit dem dazugehörigen Park ...« Er kramte in den Taschen nach Streichhölzern.

»Und was hast du dort gemacht?«

»Nicht viel Vernünftiges ... Ich war Referendar beim Amtsgericht, aber ich hab kaum je den Fuß ins Gerichtsgebäude gesetzt ... Ich hab nen dicken Wagen gefahren. Übrigens einen der Ersten ohne Ventil ...« Wieder der ironische Blick, die gewollt phlegmatische Stimme, die Petersen so verwirrten.

»Und die Frau?«

»Das war meine ... Schon mal geschieden ... Zuerst war sie mit Breckmann verheiratet, dem Großindustriellen an der Ruhr. Und jetzt lebt sie offenbar in Ägypten ... Hat dort so was wie einen englischen Konsul oder Botschafter geheiratet.«

Der Kapitän warf einen Blick durch das nächste Bullauge. Evjen verließ gerade den Rauchsalon, und Schuttringer leerte, noch halb im Tran, zwei herumstehende volle Gläser.

Petersen war peinlich berührt von dem, was Krull ihm eben gesagt hatte; er fand es direkt anstößig. Als guter Mittelklasse-Norweger wollte er von den zweifelhaften Verhältnissen, die es auf der Welt notgedrungen nun mal gab, lieber nichts wissen. ›Wer sagt denn, dass er mir nichts vormacht‹, redete er sich selbst zu. Gleichzeitig aber sah er den Kohlentrimmer von der Seite an und dachte an die Empfindungen zurück, die er zuerst bei seinem Anblick gehabt hatte. Es wurde ihm jedenfalls klar, dass der Mann da nicht von jeher ein Hafenpenner gewesen war. »Warum sind Sie auf dieses Deck gekommen?« Instinktiv duzte er ihn nicht mehr.

»Wollte mal sehen …«

»Was?«

»*Die* da …!«

Sie waren gerade auf gleicher Höhe mit einem verschneiten Berg, von dem ein rotes Leuchtfeuer die Lage einer Schäre signalisierte. Unten am Hang stand ein kleines Holzhaus ganz für sich allein, und es war nur für wenige Sekunden zu sehen.

Wenn man sich's überlegte … Da lebten Leute, vielleicht zehn Kilometer vom nächsten Dorf entfernt, und es gab noch nicht einmal eine Straße! Ein Stückchen Land unterhalb der senkrecht abfallenden Steilküste … Gerade genug, um ein paar Ziegen oder Schafe zu halten.

Drinnen war Schuttringer aufgestanden und reckte sich wie einer, der furchtbar müde ist. Dann sah er Petersens

Glas, in dem noch ein Rest goldgelber Flüssigkeit war, und trank es aus.

»Das Zeug sieht so harmlos aus …«

Der Kapitän wäre beinahe zusammengezuckt, als Krull plötzlich wieder etwas sagte. Weil seine Stimme einen ganz anderen Klang hatte – weich, sehnsüchtig …

»Was sieht so harmlos aus?«

»Da – der Champagner! Es ist zwar nichts Berühmtes, was ihr da habt, aber es ist halt Champagner! Können Sie nicht verstehen … Na denn, ich muss den andern wieder ablösen, sonst verlangt er noch mehr Geld … Und noch einen guten Rat, Kapitän: Lassen Sie *das alles* schön in Ruhe …« Damit machte er sich auf den Weg nach unten.

Petersen hätte ihn zurückrufen und zur Rede stellen müssen, aber er fand, er hätte sich dadurch etwas vergeben. So wartete er lieber, bis der Kohlentrimmer weg war.

Als er an der Tür zum Rauchsalon vorbeiging, sah er, dass der Raum leer war. Und auch der Korridor unten war leer – abgesehen vom Steward, der wie üblich bis Mitternacht auf seinem Platz ausharrte.

»Was ist mit Vriens?«

»Er ist weg, als er gemerkt hat, dass sie nicht aufmacht …«

»Und die anderen?«

»In den Kabinen … Herr Evjen wollte eine Flasche Mineralwasser.«

Petersen blieb einen Moment stehen. Und dabei stellte er übel gelaunt fest, dass er zwar nicht betrunken war, aber doch nicht so fest auf den Beinen stand wie sonst. »Hast du den Kohlentrimmer noch nie hier rumlungern sehen?«

»Welchen Kohlentrimmer?«

»Nichts, schon gut ... Meinen Kaffee wie immer um halb sechs ...« Er hatte das Gefühl, dass aus Katia Storms Kabine Geräusche kamen, wagte in Anwesenheit des Stewards aber nicht, an der Tür zu horchen.

Als Petersen sich kurz darauf in seiner Kajüte auszog, ertappte er sich dabei, wie er vor sich hinbrummte: »Was hat er damit sagen wollen?« Es war dieser Satz von Peter Krull, der ihm im Kopf herumspukte: ›Noch einen guten Rat, Kapitän: Lassen Sie *das alles* schön in Ruhe ...‹

In dieser Nacht träumte er, dass Katia – sie war die Frau eines englischen Konsuls – ihn im Erster-Klasse-Salon eines Postdampfers mit drei Schornsteinen zum Tanz aufforderte. Sie hatte eine komische Art, ihre Beine gegen ihren Partner zu pressen, und plötzlich küsste sie ihn vor allen anderen und zur allgemeinen Erheiterung auf den Mund, während ein Oberkellner, der Peter Krull täuschend ähnlich sah, im Saal hin und her lief und nach Art eines Erdnussverkäufers ausrief: »Wer will noch mal? Wer hat noch nicht? Ist das Champagner ...?«

7

Der Tag der Brieftaschen

Der nächste Tag war ein Mittwoch. Er begann mit einem zweistündigen Aufenthalt in Trondheim und verlief so völlig ohne Zwischenfälle, dass es schon unnatürlich war.

Petersen hatte seit der Abfahrt aus Hamburg zu wenig geschlafen und fühlte sich, wohl auch infolge des Champagners, körperlich wie seelisch ausgehöhlt.

Als der Steward ihm auf der Brücke meldete, Katia Storm sei krank und wolle ihre Kabine nicht verlassen, zuckte er nur die Achseln und sog ein paar Mal heftig an seiner Pfeife.

Vriens war den ganzen Morgen über nicht zu sehen. Das Deck lag wie ausgestorben da; Sturm war aufgekommen und peitschte feinen, sandartigen Schnee vor sich her, der in alle Poren zu dringen schien.

Sie näherten sich dem Polarkreis. An den Hängen wurde immer seltener ein Haus sichtbar. Die Polarlys lief an diesem Mittwoch dreimal ganz kleine Flecken von etwa einem Dutzend Häusern an, wo Männer mit Pelzmützen die Kisten und Fässer auf Schlitten luden. Im dritten Hafen war die Schneedecke an die sechzig Zentimeter hoch, und die Kinder liefen Ski oder Schlittschuh.

Der Himmel war grau. Das Meer war grau. Das Licht

schien von dem grellen Weiß der Gebirgskette herzurühren, deren Biegungen das Schiff folgte.

Zum Mittagessen fanden sich nur der Kapitän, Evjen und Schuttringer ein. Evjen gab der Form halber zwei oder drei Sätze von sich, dann fiel die Konversation in sich zusammen.

Beim Hinausgehen drückte der Kapitän Jennings die Hand, dem zurückhaltenden Polizeibeamten, der sich so wenig wie möglich sehen ließ. »Wenn's so weitergeht«, meinte Jennings optimistisch, »passiert gar nichts, und die Reise verläuft ganz glatt ... Ich bin überzeugt, der Mörder treibt sich ein paar Faden tief im Hafenbecken von Stavanger herum.«

Der Kapitän ließ ihm seine Illusionen.

»Wie geht's ihr?«, fragte Petersen die Stewardess, die mit einem Tablett voller Geschirr aus Katias Kabine kam.

»Sie liegt nur so da, mit dem Kopf zur Wand ... Sie hat fast nichts gegessen und sagt kein Wort.«

Gegen drei stieg er auf die Brücke, nachdem er etwa eine Stunde vor sich hingedöst hatte. Vriens war auf Wache. Er schlug die Hacken zusammen, während der Kapitän nur grüßend die Hand hob und sich dann an den Lotsen wandte, mit dem er die Fahrt schon über hundert Mal gemacht hatte.

»Glauben Sie, wir müssen die Luken dicht machen?«

Sie waren bisher im Schutz einer fast geschlossenen Inselkette gefahren. Bei den Lofoten würde sich das wiederholen, aber gegen Abend waren sie dann wirklich auf dem offenen Meer und hatten zweifellos mit schwerer See zu rechnen.

»Wäre nicht schlecht«, stimmte der pelzverpackte

Koloss zu, der in seinen riesigen holzbesohlten Stiefeln wie einzementiert dastand.

Vriens hielt sich wie üblich seitlich an der Brückennock auf, während der Lotse in der Mitte stand und dem Zweiten Steuermann mit der im dicken Rentierfäustling steckenden Hand ab und zu die Richtung wies.

Der Kapitän verglich die beiden Gestalten einen Augenblick lang und zuckte wieder die Achseln. Er brachte es nicht über sich, den jungen Mann anzusprechen; er merkte, dass der kaum zu ihm hinüberzublicken wagte.

Und doch ergriff Vriens die Initiative. Er trat plötzlich auf Petersen zu und murmelte: »Ich wollte Ihnen sagen, Kapitän ...« Er stockte.

Petersen schaute ihn abwartend über die Schulter an.

»... dass ich nach unserer Rückkehr freiwillig ausscheide, wenn Sie es wünschen.«

Er erhielt als einzige Antwort ein Knurren, und Petersen stieg den Niedergang hinab. Er warf einen Blick in den Rauchsalon, wo Bell Evjen über seine Akten gebeugt war.

Der Nachmittag verlief eintönig, und das Abendessen unterschied sich nur dadurch vom Mittagessen, dass Gläser und Teller durch das Schlingern des Schiffs hin und her schlitterten, weil sie jetzt nicht mehr unter Land fuhren.

Evjen hielt durch, wenn auch sein Lächeln etwas gezwungen wirkte. Arnold Schuttringer jedoch, der schon eine Zeit lang die Kiefer aufeinandergepresst hatte, schnellte unvermittelt hoch und lief mit großen, unsicheren Schritten zur Tür.

»Ist sie wirklich krank?«, erkundigte sich Evjen.

Petersen machte eine vielsagende Handbewegung.

»Seltsames Geschöpf ... Gestern Abend hab ich wirklich geglaubt, dass es einen Eklat gibt.«

Der Kapitän lauschte auf die raue See draußen. Er hörte, wie ein Brecher auf die Back niederging, legte die Serviette hin, griff im Vorübergehen nach seiner langen Ziegenfelljacke und lief auf die Brücke.

Oben lehnten zwei Gestalten an der Reling. Vor ihnen war durch das Schneegestöber das Leuchtfeuer eines kleinen Hafens zu erkennen, in dem sie anlegen sollten.

Petersen warf einen prüfenden Blick auf das fahle Profil von Vriens und stellte fest, dass er die Kinnbacken so krampfhaft aufeinanderpresste wie vorhin Schuttringer. »Krank?«, fragte er bärbeißig.

»Nein!«, schrie der junge Marin heraus und machte sich ganz steif. Man spürte förmlich, wie er in seiner viel zu dünnen Kleidung von Kopf bis Fuß zitterte.

»Ziehen Sie das über!« Petersen warf ihm seine Jacke zu. Dann wechselte er ein paar Worte mit dem Lotsen und stieg wieder hinunter, um sich schlafen zu legen.

Peter Krull hatte er den ganzen Tag über kein einziges Mal gesehen. Und Katia? Er sah sie im Geist vor sich, zusammengekauert auf ihrer Koje und sicherlich auch seekrank, aber wild entschlossen, niemand zu rufen.

Die Morgenstunden, als er mit dem Lotsen zusammen Wache ging, waren für Petersen das einzig Angenehme, das er am Donnerstag erlebte.

Sie hatten Bodø hinter sich. Die Polarlys schlängelte sich zwischen den Lofoten hindurch und steckte die Nase von Stunde zu Stunde tiefer in einen Schneesturm. Minutenlang sah man überhaupt nichts mehr, und man konnte die Augen auch nicht offen halten. Der Eisstaub setzte sich in der feinsten Naht und in den Ritzen der Schuhe fest. Die beiden Männer traten von einem Fuß auf den anderen, und manchmal gingen sie aufeinander zu, um sich den Tabaksbeutel oder das Feuerzeug zu reichen.

Das Thermometer zeigte zwölf Grad unter Null. Manchmal heiterte es auf; dann waren im Licht der blassen Sonne an verschiedenen Punkten des Horizonts zwei oder drei Sturmfronten zu erkennen, während an Land makellos weiße Berge auftauchten – aber kein Haus, kein Baum, kein Strauch und erst recht kein menschliches Wesen.

Es war überwältigend. Manchmal waren dreißig Meilen entfernte Berggipfel zu erkennen; dann war die Sicht wieder weg, und es tauchten unmittelbar neben der Polarlys acht bis zehn Meter lange Fischkutter mit dick vereisten Wanten und eingeschneitem Ruderhaus auf, und an Deck waren unförmige Gestalten – Männer, die vier oder fünf Kleidungsstücke übereinander trugen – über die Reling gebeugt und hantierten mit ihren Netzen.

Die Luft war wie Eis in den Lungen. Aber Petersen atmete doch tief durch, als ob dieser reine Sauerstoff durch seine belebende Wirkung all die Schreckensbilder vertreiben könne: Das nackte junge Mädchen auf dem Bett in der Rue Delambre, Sternberg mit den Stichwunden in der Brust und dem zusammengerollten Laken über dem Gesicht ...

Er sah völlig gleichgültig zu Jennings hinunter, der im Windschatten an der Wand lehnte, die Landschaft betrachtete und offensichtlich nicht wusste, was er anfangen sollte.

Petersen fuhr zusammen, als hinter ihm jemand hustete. »Was wollen Sie hier?«, fragte er mit gerunzelter Stirn Schuttringer, der gerade auf der Brücke aufgetaucht war. Unten am Aufgang war ein Schild angebracht, das den Passagieren den Zutritt zur Brücke untersagte.

»Ich würde Sie gern unter vier Augen sprechen, Kapitän!«

Schuttringer hatte noch nie so viel auf einmal gesagt. Er wirkte mitgenommen, zaudernd. Er hatte seine Schirmmütze abgenommen, und sein kahler Schädel gab in der eisigen Umgebung ein komisches und unerwartetes Bild ab.

»So setzen Sie doch was auf ... Also, was ist?«

Der Deutsche wies auf den Lotsen.

»Sie können ruhig vor ihm sagen, was Sie ...«

»Ich bin bestohlen worden.«

»Wie bitte?«

»Gestern Abend oder heute Morgen ist jemand in meine Kabine eingedrungen und hat zweitausend Mark und ein paar hundert Kronen aus meinem Koffer genommen ... Tut mir leid, Ihnen noch mehr Kummer zu machen. Aber ich muss das Geld unbedingt wiederhaben, weil es alles ist, was ich für die Reise mitgenommen hatte.«

Der Lotse hatte sich umgedreht und musterte den Passagier neugierig.

Petersens Miene war hart geworden. »Sind Sie sicher, dass das Geld verschwunden ist?«

»Ganz sicher! Ich hatte es vorsichtshalber nicht in meine Brieftasche gesteckt, sondern in einen einfachen Umschlag aus blauem Papier, den ich unter meine Wäsche gelegt habe.«

»Und was haben Sie heute Morgen gemacht?«

»Um acht Uhr ein Bad genommen. In der Zeit war meine Kabine leer. Dann bin ich in den Speisesaal gegangen und dann an die Luft, auf dem Achterdeck ... Ich habe gerade eben erst gemerkt, dass ...«

»Sie kommen doch einen Moment ohne mich aus?«, wandte der Kapitän sich an den Lotsen und stieg vor Schuttringer den Niedergang hinunter. Als er am Speisesaal vorüberkam, lief ihm der Steward in die Arme. »Sagen Sie, haben Sie vielleicht jemand gesehen, der heute Morgen die 22 betreten hat?«

Der Steward fuhr in die Höhe wie eine Drahtpuppe. »Wie ... die 22 auch?«, stotterte er. »Herr Evjen hat mich gerade gefragt, ob nicht jemand bei ihm ...«

Evjens Kabine stand offen, und er trat heraus. Er hatte das Letzte mitbekommen. »Kapitän! Darf ich Sie einen Moment bitten ...« Er war nervös, blieb aber beherrscht. Nur die langen Finger mit den gepflegten Nägeln verrieten seine Erregung.

»Hat man Ihnen etwas gestohlen?«

Evjen antwortete nicht direkt. Er warf Schuttringer einen misstrauischen Blick zu. »Kommen Sie doch einen Moment rein, ja?« Er schloss hinter Petersen die Tür. »Sie wissen ja«, fuhr er drinnen fort, »dass ich nur einmal im Jahr in den Süden fahre. Und bei der Gelegenheit decke ich mich mit einem Betrag ein, den ich für einen mindestens sechsmonatigen Betrieb der Gruben brauche ... Wir haben ja keine Bank in Kirkenes. Und in dieser Schweinsledermappe waren gestern Abend noch fünfzigtausend Kronen in Banknoten und einige Goldmünzen, die ich meiner Frau immer mitbringe ...«

»Und? Verschwunden?«

»Die Mappe ist leer. Ich habe das eben erst bemerkt. Ich habe vorhin im Salon gearbeitet und dazu ein Dokument benötigt, das ebenfalls da drin eingeschlossen war. Jemand hat die Schlösser der Mappe aufgebrochen ... Und dabei war sie unter meinen Sachen versteckt.«

Im Gang draußen lief Schuttringer ungeduldig auf und ab.

»Tun Sie mir einen Gefallen«, wandte der Kapitän sich an Evjen, »und sprechen Sie vorläufig nicht darüber.«

»Was wollen Sie tun? Bedenken Sie ...«

Petersen ließ ihn stehen und ging in den Gang hinaus, wo er dem Deutschen ebenfalls Schweigen auferlegte.

»Ich brauche das *unbedingt,* verstehen Sie?«, wiederholte Schuttringer. »Ich habe nichts mehr, und ...«

Der Kapitän fand Jennings an Deck noch an der gleichen Stelle.

»... 'n Morgen, Kapitän!«, rief der Beamte lächelnd ihm entgegen. »Was für ein wunderbares Land! Wir im Süden ahnen ja gar nicht ...«

»Kommen Sie mit!« Er zog ihn in seine Kajüte und schlug die Tür hinter sich zu. »An Bord sind zwei Diebstähle begangen worden«, fing er an. »Der eine in Kabine 14, gleich hier nebenan; dort sind fünfzigtausend Kronen weggekommen. Und in der 22 sind etwa zweitausend Mark verschwunden.«

»Das ist doch nicht möglich!« Der Inspektor war fassungslos. »Hier? An Bord?«

»Entweder gestern Abend oder heute Morgen, ja ... Ich möchte Sie nun um dreierlei bitten: Zuerst die Ka-

105

bine von Katia Storm von oben bis unten zu durchsuchen, und zwar unverzüglich …«

»Ach – Sie meinen …«

»Und wenn nötig, durch die Stewardess eine Leibesvisitation vornehmen zu lassen … Zweitens, sich auch die Kabine meines Dritten Offiziers vorzunehmen. Und wenn beides nichts bringt, sehen Sie mal bei einem gewissen Peter Krull nach, der unten im Kohlenbunker arbeitet.«

»Kohlenbunker? Aha … Ich glaube, wir sollten vielleicht eher in dieser Richtung …«

»Es ist mir lieber, Sie fangen mit der Deutschen an, wenn Sie nichts dagegen haben. Sie ist in ihrer Kabine.«

»Soll ich ihr etwas sagen?«

»Sie sagen, dass etwas vermisst wird und dass Sie die Pflicht haben, das ganze Schiff zu durchsuchen.«

»Begleiten Sie mich?«

Petersen zögerte. »Ja, ich komme mit«, entschied er plötzlich mit Nachdruck.

Er traf Evjen auf der Treppe. »Würden Sie so nett sein«, forderte er ihn auf, »im Rauchsalon mit Herrn Schuttringer zusammen das Weitere abzuwarten?« Und zum Steward: »Sie lassen einstweilen niemand aus seiner Kabine!«

Dem äußeren Anschein nach war er ganz ruhig. Aber innerlich kochte er. Er klopfte eigenhändig an Katias Tür an.

Es dauerte eine Weile, bevor eine Antwort kam. »Wer ist da?«

»Der Kapitän. Es ist dringend.«

»Ich will heute nicht aufstehen …«

»Tut mir leid; ich muss Ihre Kabine betreten!«

Petersen hatte für alle Fälle seinen Hauptschlüssel dabei, aber die Kabine war nicht abgeschlossen. Er drehte den Türknauf und bedeutete dem Inspektor vorzugehen.

Ein Gemisch aus Parfüm und schwerem Virginia-Tabak benahm ihnen den Atem. Der Rauch war so dicht, dass sie die junge Frau im ersten Moment gar nicht sahen. Sie war im Pyjama und lag ausgestreckt in der Koje. Ihr Gesicht war schlaff, ihr Haar zerwühlt, und die verschwitzte Pyjamajacke stand halb offen. Sie fuhr instinktiv zurück und versuchte vergeblich, sich zuzudecken, da sie auf der Bettdecke lag.

»An Bord ist gestohlen worden und ...«

»Und Sie verdächtigen mich ...?«

»Ich verdächtige niemand. Aber der Inspektor hat die Pflicht, das ganze Schiff zu durchsuchen.«

Sie lachte auf, spitz und böse, und sprang aus dem Bett, ohne sich weiter um ihren Aufzug zu kümmern. »Nun, dann suchen Sie ... Ich hätte nicht gedacht, dass es der Anstand in Norwegen zulässt ...«

Das zweite Mal, dass auf Nationalitäten angespielt wurde. Hatte Vriens ihm nicht mit dem gleichen beleidigenden Unterton einen ähnlichen Satz an den Kopf geworfen?

»Soll ich vielleicht rausgehen? Wollen Sie mein Bett durchsuchen?« Sie riss mit fahrigen Bewegungen die Bettdecke und die Laken herunter, und dabei fiel ein deutscher Roman zu Boden, in dem sie offenbar gelesen hatte.

Petersen fiel der Unterschied zwischen ihrem früheren und dem jetzigen Verhalten auf. Bisher hatte sie sich – abgesehen von dem einen Mal, als sie betrunken war – in der Gewalt gehabt, war nie verlegen geworden und hatte keinen Grund zu Verdächtigungen gegeben. Und jetzt ... Ihre Empörung war schlecht gespielt, und hinter ihrem Hohn steckte regelrechte Panik. Am liebsten hätte sie geflucht. Sie ließ einen Koffer aus dem Gepäcknetz zu Boden fallen und verstreute den Inhalt in der Kabine.

»Meine Wäsche ...! So was scheint ja wohl interessant für Sie zu sein, oder?«

Ihre Haltlosigkeit wurde sicher auch dadurch bestärkt, dass sie keine Toilette gemacht hatte und verschwitzt und ohne Make-up vor den Männern stand.

»So, und was wollen Sie noch sehen? Aber vielleicht ist das Geld auch unter meinem Pyjama versteckt ... Soll ich ihn ausziehen?« Sie knöpfte die Jacke vollends auf. »Sind Sie jetzt überzeugt, Kapitän? Oder hatten Sie vielleicht nur Lust, eine Frau im Bett zu überraschen? – Moment mal: Sie haben meine Hutschachtel noch nicht durchsucht ...«

Der Inspektor machte sich mit rotem Kopf und roten Ohren ungeschickt in der Kabine zu schaffen.

Petersen war an der Tür stehengeblieben; er war düster und ungerührt und hatte Krulls Bemerkung im Sinn: ›Lassen Sie *das alles* schön in Ruhe ...‹ vielleicht wurde ihm allmählich der Sinn dieser Worte klar ... War ihm diese Katia Storm nicht fremder und unverständlicher als eine Lappenfrau aus Finnmark, die mit ihrem Kind auf dem Rücken durch die Tundra zieht?

Petersens Frau war die älteste Tochter eines Pastors. Er hatte ihr ein Jahr lang den Hof gemacht, und das hatte meist im Garten vor der blassgrün gestrichenen Holzkirche stattgefunden, wo die beiden Verliebten stets von den jüngeren Geschwistern – der jüngste war sechs – umgeben waren.

Sie spielte Orgel, und er begleitete sie. Dann war alles andere weit weg – die Hafenaufenthalte und die brutalen Szenen, die er am Rande mitbekommen hatte.

Sein Zweiter Offizier war verlobt. Und der Leitende Ingenieur hatte acht Kinder.

Im Sommer, wenn das Schiff voller Touristen war, wenn sie Schallplatten auflegten und sich in allen Ecken und Winkeln Flirts anbahnten, war es schon vorgekommen, dass er eine Nacht in einer fremden Kabine verbracht hatte. Am nächsten Tag aber war das vergessen; er löschte die Erinnerung an ein anderes Gesicht einfach aus. Und er brachte seinen Kindern aus Tromsø von Lappen gebasteltes Spielzeug mit.

Auf die Art hatte er gerade so viel mitbekommen, dass es hochgradig exaltierte Frauen gibt, die gar nicht fähig sind, ihr Leben in einem hübschen und bequemen Bungalow zu verbringen. Manche waren ihm durch ihre Überschwänglichkeit derart lästig geworden, dass er nur den einen Wunsch gehabt hatte: Möglichst schnell ihren hitzigen Umarmungen zu entkommen und wieder schön aufrecht auf der Brücke seines Schiffes zu stehen!

Katia musste zu dieser Sorte gehören ... Der Kapitän musterte sie eingehend in der Hoffnung, am Ende dahinterzukommen.

Der Geruch in der Kabine schockierte ihn, wie auch die geöffnete Pyjamajacke und die kaum gerundeten Brüste darunter. Und er registrierte noch manches andere: Die Flasche mit dem grünen Chartreuse, die zerdrückten Zigaretten und raffinierten Wäschestücke – seine Frau ahnte noch nicht einmal, dass es so etwas überhaupt gab. Er versuchte einen Moment, sich Vriens hier drinnen vorzustellen, in jener Nacht, als die beiden sich in der Kabine eingeschlossen hatten.

»Nichts …«, murmelte der Polizeibeamte. Es klang beschämt.

»Ach, sind Sie tatsächlich fertig? Bin ich etwa keine Diebin? Glauben Sie nicht, Sie sollten lieber noch die Matratze auftrennen?« Ihre Stimme war so gepresst, dass man eher ein Aufschluchzen erwartete als zusammenhängende Silben. Sie hatte die Hände in die Hüften gestemmt und blieb aufrecht stehen, bis die beiden Männer die Kabine verließen.

Petersen merkte erst, als die Kabinentür heftig hinter ihnen zugeschlagen wurde, dass er vergessen hatte, sich bei ihr zu entschuldigen.

»Jetzt zu Vriens!«

»Hatten Sie sie tatsächlich verdächtigt?«, fragte der Inspektor, und seine roten Ohren und der ausweichende Blick bewiesen nur zu deutlich, dass auch er verwirrt und irgendwie erregt war durch diese simple Durchsuchung, die in dieser Form über den Rahmen seines üblichen Tätigkeitsbereichs hinausging.

Der Aufenthalt in der Kabine war tatsächlich wie ein Ausflug in eine andere Welt, in ein Gebiet fremder Gefühle und Empfindungen.

Ein Matrose polierte gerade die Messingbeschläge in der Offiziersmesse.

»Ist der Dritte in seiner Kabine?«, fragte Petersen.

»Nein … Ich hab ihn nicht gesehen.«

Petersen stieß die Tür auf. Sein Blick fiel als Erstes auf

ein großes Schwarzweißfoto des Schulschiffs in Delfzijl, das über dem Bett hing. Die Kadetten trugen Paradeuniform und weiße Handschuhe und hatten kaskadenartig neben- und übereinander Aufstellung genommen – auf Deck, auf der Deckskajüte und die jüngeren sogar in der Takelage. Auf dem Tisch lag die *Norwegische Schifffahrtsordnung;* das Buch war bei dem Kapitel ›Baken und Signale‹ aufgeschlagen.

»Soll ich anfangen?«, seufzte Jennings.

Petersen zuckte leicht resigniert die Achseln. »Tun Sie das ...«

Im Koffer war noch die Wäsche aus der Schule, dick mit rotem Baumwollgarn gekennzeichnet. Es gab auch noch ein anderes Foto mit Papiergirlanden, das bei einem Jahresabschlussball aufgenommen war, und zwischen den uniformierten Kadetten standen dralle, junge Holländerinnen. Vriens hatte einen Hut aus Krepppapier auf dem Kopf und stand in einer Ecke, irgendwie beschämt über seinen Aufputz, hätte man meinen können. Er hatte im Blitzlicht die Augen geschlossen.

Jennings zog drei Wörterbücher aus dem Seesack, danach ein feines Damentaschentuch, dem das gleiche Parfüm anhaftete wie Katias Sachen, und dann kam unter einem Heft ein Bündel Banknoten zum Vorschein.

Petersen und Jennings erblickten es gleichzeitig; sie sahen sich wortlos an. »Zählen Sie«, sagte Petersen mit veränderter Stimme.

Zwei Minuten lang war nur das Knistern der fast quadratischen Tausendkronenscheine zu hören.

»Vierzig ...«

»Sind Sie sicher?«

»Ich habe zweimal gezählt.«

Von draußen kamen Schritte, dann stand Vriens unter der Tür. Er sah fast genauso verdrossen aus wie auf dem Foto von dem Ball. Er schaute den Kapitän an, dann schaute er Jennings an, und dann erst erblickte er die Scheine.

Die Veränderung kam schlagartig. Das ohnehin müde Gesicht bekam in Sekundenschnelle tiefe Falten, und die Schultern sackten ab wie bei einem Kranken. Er sagte nichts. Er stand mit hängenden Armen da, starrte auf die vierzigtausend Kronen und wartete stumpfsinnig ab.

8

Katias Vermögen

Vriens ließ sich dann doch neben den Koffer auf den Rand seiner Koje fallen, ehe die Fragen über ihn hereinbrachen.

»Würden Sie uns sagen, wo dieses Geld herkommt?«, fragte der Kapitän, und seine Stimme klang fast liebevoll, ohne dass er sich dessen bewusst wurde.

Der junge Mann zuckte hilflos die Achseln und starrte mit leerem Blick auf das Linoleum. »Ich habe nicht gestohlen.«

»Heißt das, dass jemand Sie gebeten hat, das Geld bei sich zu verstecken?«

»Ich hatte keine Ahnung, dass es da war ... Heute Morgen um sechs war es noch nicht da.« Seine Stimme klang monoton, und er machte keinerlei Anstrengung, überzeugend zu wirken. Und von da an war ihm nichts mehr abzuringen außer einem müden »Ich habe nicht gestohlen ... Ich weiß von nichts ...«

Jennings und der Kapitän hatten die Kabine kaum verlassen, als hinter der Tür ein herzzerreißendes Schluchzen und Verzweiflungsschreie ertönten.

Der Inspektor sah Petersen verwirrt und besorgt an. »Glauben Sie, dass ...«

»Ich glaube gar nichts!«, unterbrach ihn der Kapitän unerwartet barsch.

»Es fehlen noch zehntausend Kronen …«

»Und die zweitausend Mark von Schuttringer, ja!« Petersen beschleunigte den Schritt.

Der Steward gongte noch zum Essen, und Bell Evjen hatte schon im Speisesaal Platz genommen. Schuttringer kam gerade dazu und entdeckte als Erster das Notenbündel in Petersens Hand.

»Mein Geld …« Er machte hastig ein paar Schritte auf den Kapitän zu.

»Das habe ich nicht. Wir haben bisher nur vierzigtausend Kronen gefunden, und die gehören Herrn Evjen.«

»Vierzig?«, wiederholte Evjen verwundert. Er zählte bereits die Scheine.

»Ich hoffe, Inspektor Jennings wird auch den Rest sicherstellen können.«

»Wo war das Geld denn nun?«

»Ich kann vorläufig keinerlei Auskunft geben.«

»Verzeihung«, schaltete sich Schuttringer eigensinnig ein. »Es ist bestimmt ein und derselbe, der Herrn Evjen und mich bestohlen hat. Also habe ich ein Recht, zu erfahren …«

»Steward, tragen Sie auf! – Kommt Fräulein Storm nicht?«

»Ich habe sie nicht gesehen.«

»Und hat sie nicht geläutet?«

»Nein, Kapitän.«

»Würden Sie das Geld für den Rest der Reise in Ihrem Safe verwahren?«, bat Bell Evjen, den das dicke Bündel störte.

»Hätte ich besser auch getan«, brummte Schuttringer. »Kann ja heiter werden in Kirkenes, so ganz ohne …«

Petersen hörte das Übrige nicht. Er war in seine Kabine gegangen und schloss gerade den Safe auf, als die Sirene zweimal tutete.

Er nahm sein Ziegenfell vom Haken und sagte im Vorübergehen zum Steward: »Ich esse dann später ...«

Es war Svolvaer. Aus ganz Norwegen strömen hier im Februar, in der Kabeljau-Saison, die hellen hölzernen Fischerboote zusammen – dreitausend, viertausend.

Ein Mastengewirr; starker Harzgeruch. Und in der Stadt, die normalerweise nicht mehr als zweitausend Einwohner hat, ein einziges Gewimmel von Schlitten, Männern in Pelzen oder Ölzeug. Glitschige Stapel von bereits gesalzenem Kabeljau, der mit Schaufeln aufgeschichtet wurde.

Ein kleines schwarzes Dampfschiff hatte in Hafenmitte festgemacht und war von einem lebhaften Schwarm von Booten umgeben. Dort wurde Fisch aufgekauft, der auf die Art gar nicht erst an Land kam, bevor er noch am selben Abend nach Ålesund weitergebracht wurde.

Petersen musste Hände schütteln und sich Geschichten oder Zahlen anhören, während der Inspektor so diskret wie möglich an der Gangway Wache hielt.

Drei Boote waren gestern gesunken, vom Mahlstrom in die Tiefe gerissen. Aber man hatte in weniger als einem Monat fünfundvierzig Millionen Kabeljaus gefangen.

Petersen hörte zerstreut zu. Sein Blick schweifte über vertraute Gesichter und eine vertraute Szenerie: Holzhäuser, die meisten in blassen Farben gestrichen; ansteigende, verschneite Straßen und Kinder auf Skiern, die drauflos fuhren oder sich zwischen den Schlitten, Kisten und Fässern hindurchschlängelten.

Ein paar Dampfer von fünfzig bis hundert Tonnen lagen am gleichen Kai wie die Polarlys, und auf einer Tafel stand jeweils der Name des Ortes, den sie innerhalb der Inselgruppe anliefen.

Von überall her kamen Stimmen, die Petersen etwas zuriefen, und der Kapitän versuchte, ein dünnes Lächeln beizubehalten. Er konnte von hier aus Evjen und den Deutschen sehen, die sich im Speisesaal gegenüber saßen.

Ein Lappe in leuchtend bunter Kleidung, eine Mütze mit vier Zipfeln auf dem Kopf, stand vorn an der hölzernen Pier und schien mit den Augen dieses aufregende Schauspiel zu verschlingen, während über den Meeresarm hinweg in der Ferne die verschneiten Berge zu ahnen waren, von denen er wohl kam.

Das war bunt, das war lebhaft, aber nicht hektisch. Es war fröhlich, aber mit einem Bodensatz nordischer Schwere, und für gewöhnlich fühlte sich der Kapitän von dieser Mischung stark angesprochen.

Während er versuchte, in diesem Milieu ganz aufzugehen, kam ihm plötzlich ein Gedanke. Das Bild Katias schob sich vor die bunte Szene. Katia, die verschwitzt in ihrer unordentlichen und von schweren Gerüchen erfüllten Kabine ...

Ein Fischerboot glitt vorüber, auf dem zwei Männer aus einem Berg Kabeljau herausragten, der ihnen bis zu den Knien reichte. Sie hieben den Fischen zielsicher die Köpfe ab, rissen die Zungen heraus, die sie in einen Kübel warfen, schnitten den Fisch in Längsrichtung auf und stapelten die Filets. Gräten und Eingeweide wanderten über Bord.

Petersen blickte ihnen nach und nahm sie doch nur als

Kulisse wahr; hingegen sah er die Gestalt der jungen Frau in allen Einzelheiten vor sich.

Sie hatte kein Geld in der Kabine … Das war's! Er ging im Geiste alle Bewegungen des Beamten durch. Er sah die feine Wäsche wieder vor sich, und darunter auch die schwarzen Seidenhemden, die ihn in Erstaunen versetzt hatten. Aber kein Geld! Keine Brieftasche!

Er versuchte, sich die erste Durchsuchung damals in der Nebelnacht in Stavanger zu vergegenwärtigen, aber in seinem Gedächtnis war nichts haften geblieben, was irgendwie mit Banknoten zusammenhing.

Der Inspektor lehnte an der Gangway, auf der die Schauerleute im Gänsemarsch kamen und gingen.

Weiter weg sah Petersen den Kohlentrimmer. Er hatte sich immer noch nicht rasiert; rötliches Gestrüpp bedeckte sein Gesicht. Der Kapitän hatte das Gefühl, dass Krull ihn beobachtete, und sah weg.

»Gib das erste Läutzeichen!«, befahl er dem Zweiten Offizier zehn Minuten vor der festgesetzten Abfahrtszeit.

»Sagen Sie mal, Kapitän … Stimmt das, was man sich da erzählt? Über Vriens?«

»Mir ist nichts bekannt.«

»Tritt er seine Wache an?«

»Wenn nicht, wirst du sie übernehmen.«

Am Himmel Wolken, die aussahen wie aus Sonnenstaub und rasch vorüberzogen. Sie erhellten eine Gruppe von Segeln, einen leuchtenden Bug, ein schiefergedecktes Glockentürmchen und wichen dann gleich wieder dem Grau in Grau und dem Schnee.

Der Lappe kam zögernd an Bord und löste eine Zwi-

schendeckpassage nach Hammerfest. Er weigerte sich
aber, zu den Kabinen hinunterzugehen, und setzte sich
auf das Spill, wo Petersen ihn drei Stunden später in der
gleichen Haltung antraf.

»Das zweite Läutzeichen!«

Die Taljen wurden eingeholt, die Luken über den Lade-
räumen geschlossen, die sich allmählich leerten.

Trotz des penetranten Fischgeruchs, der über dem
Hafen und der Stadt lag, hatte der Kapitän so etwas wie
den Geschmack von Katias süßlich-rauchverhangener
Kabine auf der Zunge. »Ist Vriens oben?«, fragte er, da
der Dritte zur Wache eingeteilt war.

Ja, er war oben. Wenn man hochsah, konnte man ihn
in der Brückennock stehen sehen, starr wie ein afrikani-
sches Götzenbild. Fast übermenschlich …

Wahrscheinlich tanzte ihm alles vor Augen, und die
Geräusche verschmolzen zu einem einzigen Missklang.
Und doch ging er auf ein Zeichen des Kapitäns zum
Schornstein und betätigte dreimal den Griff an der Sirene,
deren Heulen die Luft durchschnitt.

Am Heck quirlte weißer Schaum hoch. Die Boote
flüchteten wie in Panik geratene Schafe. Eine Wolke Möwen umkreiste das Schiff.

»Kann ich servieren, Kapitän?« Es war der blonde
Steward in der weißen Jacke, und wie stets erhellte ein
schüchternes Lächeln sein Gesicht.

»Noch nicht …« Petersen konnte sich nicht vom Anblick des Hafens losreißen.

Sie kamen an einer Fabrik vorbei, in der vor zehn
Jahren noch Wal verarbeitet worden war, jetzt aber nur
Lebertran gewonnen wurde. Und dann, als das Schiff

wendete, hatten sie plötzlich eine blassgrüne See und schneebedeckte Gipfel vor sich, die in der Sonne glänzten.

Doch das Naturschauspiel war von kurzer Dauer; das goldene Licht war schon am Zerfließen, und ein aschgrauer Schleier legte sich wie ein Vorhang über das Wasser. Drei Minuten später war die ganze Szenerie nur noch fahl verschwommen.

Der Kapitän ging wortlos an Jennings vorbei, und da Evjen sich nach dem Mittagessen auf dem Korridor die Beine vertrat, tat Petersen so, als habe er in seiner Kajüte zu tun.

Er kam heraus, sobald der Weg frei war, und ging zu Katia Storms Kabinentür. Dort blieb er eine Sekunde unschlüssig stehen und trat dann ein, ohne vorher anzuklopfen.

Seit dem Besuch heute früh hatte sich in der Kabine praktisch nichts verändert. Es hing immer noch dieser süßlich-schwere Geruch in der Luft. Ein Stück Bettlaken schleifte am Boden und hatte einen runden kleinen Brandfleck von einer Zigarette.

Sie verharrten reglos, und es fiel kein Wort. Die Deutsche saß mit dem Rücken zur Wand im Pyjama in der Koje, barfuß und mit aufgelöstem Haar, und blickte dem Kapitän entgegen. Ihr Augen-Make-up hatte sich aufgelöst, und ihr Blick wirkte dadurch verschleierter denn je.

Der Kapitän machte die Tür zu. Er wäre beinahe über einen Koffer gestolpert. »Ich möchte Ihnen nur eine Frage stellen«, sagte er und stieg über den Koffer.

Sie hörte ihm teilnahmslos zu. Die Erregung von heute

Morgen war weg, die Koketterie verschwunden. Die Mundwinkel hingen melancholisch herab.

Er hatte die Absicht, freundlich zu sein, und er hätte ihr auch gern verständlich gemacht, dass dieser zweite Besuch ohne den Inspektor gut gemeint war.

Es ging ihm umgekehrt wie vorhin auf der Pier: Sein inneres Auge gaukelte ihm hartnäckig die Betriebsamkeit des Hafens vor, und die junge Frau war wie bei einer Doppelbelichtung darübergeblendet.

»Würden Sie mir sagen, wie viel Geld Sie beim Auslaufen im Hamburger Hafen bei sich hatten?«

Sie setzte ein Lächeln auf, das zugleich bitter und sarkastisch war. Der Sarkasmus galt jedoch weniger Petersen als ihrem eigenen Schicksal.

»Dieses Geld müssen Sie ja noch haben«, fügte er rasch hinzu. »An Bord konnten Sie nichts ausgeben, da die Rechnungen erst nach der Landung bezahlt werden.«

»Nun ja – meine bleibt eben unbezahlt …« Sie griff nach oben, ohne sich von der Stelle zu rühren, und zog an der Schlaufe ihrer todschicken Krokotasche im Gepäcknetz. »Hier, zählen Sie selbst. Aber geben Sie mir zuerst meine Zigaretten.«

Die Tasche lag vor ihr auf dem Bett, und als er nicht reagierte, machte sie sie selbst auf und schob sie zu ihm hinüber, nachdem sie Zigaretten und ein Feuerzeug mit Goldziselierung herausgenommen hatte. »Das ist alles, was ich habe … Trauen Sie sich nicht?« Sie kniff wegen des Rauchs die Augen halb zu. Dann zog sie ein Taschentuch hervor, das genauso aussah wie das bei Vriens, und ein Kosmetik-Set für Rouge, Puder und Augen-Make-up. Ganz zuletzt breitete sie einige wenige Scheine vor Petersen aus. »Hier, das sind zehn Mark ... Fünfzig belgische Francs ... Drei französische Banknoten zu je zehn ... Da, sehen Sie mal, noch eine Münze. Zweieinhalb holländische Gulden ...« Sie warf die leere Tasche zu Boden, lehnte sich noch fester gegen die Wand und sagte: »Das ist alles ...«

Vielleicht lag noch Erregung in ihrer Stimme, wenn schon gedämpft ... Und der Gesichtsausdruck war viel menschlicher als sonst – den Gesichtern viel ähnlicher, die Petersen kannte.

Früher einmal war er mit einem Nachbarskind, einer Sechzehnjährigen, im Gebirge herumgetollt, und das Mädchen war über eine Baumwurzel gestolpert und hatte sich den Fuß verstaucht. Sie war eine kokette, freche Göre und hatte sich kurz vorher noch über ihn lustig gemacht ... Und jetzt hatte sie nicht weinen wollen. Sie hatte gelächelt. Aber das Lächeln stand gequält in einem verzerrten Gesicht voller unregelmäßiger roter Flecken.

Im Augenblick glich Katia ein wenig der jungen Norwegerin. Und auch sie schien zu merken, dass Petersen sie mit anderen Augen ansah, denn sie schlug unerwartet und fast verstohlen die Pyjamajacke übereinander. »So, das war's! Ich kann noch nicht einmal den Champagner bezahlen, zu dem ich Sie eingeladen habe ... Ich hatte gerade noch so viel, um das Billett zu lösen – sechshundert Mark, glaube ich ... Und was davon noch übrig war, hab ich in der letzten Nacht in Hamburg ausgegeben.«

»Mit Vriens, im Kristall ...« Es wäre ihm lieber gewesen, er hätte sich setzen können. Aber es wäre nur auf dem Bettrand gegangen, also zu dicht neben ihr. So musste er breitbeinig hier herumstehen wegen des ganzen Krams, der verstreut auf dem Boden lag. »Was wollten Sie in Kirkenes?«

Sie sagte nichts, sah ihn beinahe mitleidig an und zuckte die Achseln. »Lassen Sie mich ... Das führt doch zu nichts! Würden Sie mir meine Tasche geben? Danke ...« Sie zog einen kleinen Spiegel hervor und betrachtete sich ironisch. Sie griff nach dem Rouge-Stift und ließ ihn dann wieder sinken.

»Haben Sie Verwandte?«

»Ist doch egal, oder? Sie brauchen mich in Kirkenes nur der Polizei zu übergeben, weil ich meine Zeche nicht bezahlt habe, den Champagner und den Wein zum Essen ... Und der Steward bekommt kein Trinkgeld ...«

Wenn sie geschrien, sich die Haare gerauft hätte – sie hätte nicht ein solches Bild der Verzweiflung abgegeben, der totalen Depression.

»Haben Sie gegessen?«, fragte er, nur um etwas zu sagen.

»Nein ...«

Ihre Füße streiften den Kapitän, und die Zehennägel waren genauso schön rosa lackiert und gepflegt wie die Fingernägel.

»Wissen Sie, dass ein Teil des gestohlenen Geldes in der Kabine des Dritten Offiziers gefunden wurde?«

»Bei Vriens?« Sie fuhr hoch und warf die Zigarette achtlos in eine Ecke. »Was sagen Sie da? Aber das ist unmöglich!«

»In seinem Koffer sind vierzigtausend Kronen sichergestellt worden.«

»Aber das ist unmöglich! Verstehen Sie doch – völlig unmöglich!« Sie kniete jetzt in ihrer Koje, weil auf dem

Boden kein Platz zum Stehen war. »Hören Sie, Kapitän: Ich schwöre Ihnen, dass ...« Aber dann ließ sie kraftlos die Arme sinken und verstummte.

Petersen fiel ein kleines Fieberbläschen am Haaransatz auf, während sie mit hängendem Kopf vor ihm kauerte. Die Haut war an dieser Stelle gespannt.

»Gehen Sie ... Sie würden mir ja doch nicht glauben. Aber das muss in Ordnung gebracht werden!«

»Waren Sie in der Rue Delambre in Paris dabei?«

Sie fuhr nicht zusammen, wie er eigentlich erwartet hatte. Sie zuckte nur nochmals die Achseln und wiederholte: »Gehen Sie ...« Aber plötzlich sah sie auf. »Wo ist Vriens?«

»Auf der Brücke oben.«

»Lassen Sie mich allein! Ich muss rauf.« Sie war aufgesprungen, landete mit den Füßen im Koffer, und riss ein Kleid von der Garderobe. »Wollen Sie etwa hierbleiben?«

Es war klar, sie hatte eine Entscheidung getroffen.

Sie zog mit einem Ruck die Pyjamajacke aus und streifte sich das Kleid über die nackte Haut.

Petersen trat den Rückzug an, ohne dass ihm noch eine passende Bemerkung eingefallen wäre.

Im Speisesaal lag immer noch sein Gedeck auf dem Tisch, und der Steward stand wartend an der Tür. »Wollen Sie jetzt essen, Kapitän?«

Aber Petersen stieg zum Rauchsalon hoch, wo Evjen auf und ab ging und Schuttringer über einem Schachbrett saß und gerade eine neue Partie anfing. Was ihn nicht hinderte, vom Spiel aufzublicken und zu fragen: »Was ist mit meinen zweitausend Mark? Haben Sie sie?«

»Noch nicht.«

»Eines begreife ich nicht«, fing Evjen an, der die Sache offenbar gründlich überdacht hatte: »Wieso fehlen die zehntausend Kronen und die Goldmünzen? Der Dieb hatte doch keinen Grund, das Geld so aufzuteilen, noch dazu in zwei ungleiche Teile. Wo er damit ohnehin nicht an Land konnte …«

»Er ist auf Nummer sicher gegangen«, brummte Schuttringer. Er hatte das Kinn in die Hand gestützt, sah sich den Spielstand an und zog den schwarzen Läufer. »Damit hat er auch jetzt noch etwas für sich retten können.«

Petersen sah vor den Bullaugen einen Schatten vorbeihuschen. Er konnte die Gestalt zwar nicht erkennen, hatte aber das sichere Gefühl, dass es Peter Krull war.

»Was sagt der Inspektor dazu?«, fuhr Evjen fort. »Wie denken Sie eigentlich über ihn, Kapitän – halten Sie ihn für intelligent? Auf mich wirkt er … Na, wie soll ich sagen …«

»Wie alle Inspektoren eben«, mischte sich der bebrillte Deutsche wieder ein. Dann war er erneut so in sein Spiel vertieft, dass die Zungenspitze zwischen den Lippen hervortrat. »Schachmatt«, sagte er zu sich selbst, nachdem er den einen Turm drei Felder weiter gerückt hatte.

Es wurde dunkel, und nur von den Schneebergen ging noch ein schwaches und unwirkliches Leuchten aus. Das Wasser war tiefschwarz, aber zum Horizont hin verschmolzen Luft und Wasser in verschiedenen Grautönen.

Der Kapitän verließ den Rauchsalon und wollte gerade den Aufgang zur Brücke hinauf, als Krull ihm von oben entgegenkam. Er hatte einen erloschenen Zigarettenstummel im Mundwinkel. Der Anblick des Kapitäns schien ihm nicht sonderlich zu passen.

»Was hast denn du da oben gemacht?«

»Aber es ist meine Freiwache.«

»Kannst du nicht lesen?« Petersen wies auf das Schild, das den Zugang zur Brücke untersagte.

»Das wäre ja wohl das erste Schiff, wo man nicht mal …«

»Hast du mit jemand gesprochen?«

»Nein! Die da oben sind stumm wie die Fische …«

Der Kapitän hatte das unangenehme Gefühl, der andere versuche in seinen Gedanken zu lesen. Und das war ihm umso lästiger, als diese Gedanken im Augenblick eher verschwommen waren. »Scher dich weg!«, sagte er und stieg nach oben.

Der Lotse stand am Kompass und wies mit der Hand nach Westen, als Petersen zu ihm trat. »Heute Nacht bekommen wir strengen Frost«, kündigte er an. »Wenn's so weitergeht, müssen wir in der Bucht von Kirkenes die Eisbrecher einsetzen, wie im tiefsten Winter.«

Der Kapitän sah zu Vriens hinüber; sah sein von Wind und Kälte bläulich verfärbtes Gesicht … In jeder Ecke des dem Wind völlig ausgesetzten Brückendecks bildeten zwei Glasscheiben eine Nische, in der der Wachhabende sich aufhalten konnte.

Vriens jedoch stand in seinem dünnen Tuchmantel ungeschützt da. Er hatte starr geradeaus gesehen, als der Lotse gesprochen hatte. Er hatte blau angelaufene Lippen, war ohne Handschuhe und hielt die Reling umklammert.

»Was habe ich Ihnen befohlen?«, wandte sich Petersen an ihn.

Der junge Mann sah ihn verblüfft an und versuchte sich zu erinnern.

»Sich von einem Kollegen einen Pelz zu leihen, wenn Sie Wache gehen! Und Fausthandschuhe!«

»Jawohl, Herr Kapitän.« Er rührte sich nicht von der Stelle.

»Wie viel Umdrehungen?«

»Hundertzehn …«

»Wie viel Faden Tiefe?«

»Achtzig …«

Man hätte ihn ohrfeigen – oder ihm die Marmelade wegnehmen können, so kindlich sah er aus in seiner nagelneuen Uniform mit den goldenen Ärmelstreifen, denen die Patina fehlte, mit der hohlen Brust, die im Rhythmus seines Atems auf und ab ging, und mit den energisch aufeinandergepressten Kiefern, die möglichst männlich wirken sollten.

9

Sternbergs Neffe

Es wurde schneller dunkel als gewöhnlich. Es war erst drei, und sie mussten schon die Lampen anmachen.

»Fangt an, die Luken dicht zu machen!«, befahl der Kapitän. »Auf alle Fälle ...« Während er noch auf der Brücke stand und Vriens aus dem Augenwinkel beobachtete, sah er den Inspektor mit einem Papier in der Hand nach oben kommen.

»Da, lesen Sie!«, sagte Jennings aufgeregt. »Wir müssen das besprechen, aber nicht hier ... Grade eben haben sie mir in der Funkstation das Telegramm hier gegeben, obwohl sie es schon seit einer Stunde dahaben.«

Vriens hatte das zwangsläufig mitbekommen, aber er hatte sich nicht umgedreht und war auch nicht zusammengezuckt.

Der Kapitän stieß die Tür zum Kartenhaus auf. *Polizei Stavanger an Inspektor Jennings an Bord der Polarlys,* las er. *Sûreté Paris teilt mit, dass Mörder der Marie Baron identifiziert ist. Name Rudolf Silberman. Ingenieur aus Düsseldorf Neffe des Polizeirats Sternberg. Stopp. Zusammenhang zwischen beiden Mordfällen erwiesen. Stopp. Silberman wahrscheinlich unter falschem Namen in Hamburg an Bord Polarlys eingeschifft. Stopp. Suchaktion Hafenbecken Stavanger ergebnislos. Stopp.*

Strengste Schiffsüberwachung erforderlich, da Affäre Skandal in Deutschland.

»Nun, was sagen Sie dazu?« Das Telegramm hatte Jennings aus der Fassung gebracht. »Glauben Sie, der Mann kann noch im Laderaum versteckt sein?«

Petersen ging zur Tür, weil das Schiff stark ins Schlingern geraten war. »Nein«, meinte er, nachdem er den Text nochmals gelesen hatte. »Es gibt keinen Ericksen mehr an Bord ... Erstens ist das Schiff jetzt zweimal durchsucht worden – in Bergen sogar sehr gründlich –, und zweitens ist fast die ganze Ladung gelöscht, sodass die Laderäume kein Versteck mehr bieten. Und drittens haben nur Katia Storm und Vriens diesen Ericksen je an Bord gesehen.«

»Aber Sie doch auch, oder?«

»Ich habe zwei Stunden vor dem Ablegen einen Mann in grauem Mantel gesehen, und das von hinten. Der Dritte Offizier hat mir dann gesagt, es sei Ericksen gewesen ... Und danach hat der noch jede Menge Zeit gehabt, die Polarlys wieder zu verlassen.«

»Warum sollte er? Er hatte die Fahrt bezahlt, das Gepäck an Bord gebracht ...«

»Ja, das ist die Frage ... Aber es gibt noch viel mehr Fragen in der ganzen Sache.«

»Für welchen Hafen hatte er denn gebucht?«

»Stavanger.«

Wieder ging der Kapitän auf die Brücke hinaus. »Ist alles dicht und festgezurrt?«, fragte er unruhig.

Der Lotse machte ihn auf einen hässlichen hellen, fahlgrauen Fleck am Horizont aufmerksam. Petersen ging ins Kartenhaus zurück. »Sie haben aber doch alle Pässe überprüfen lassen«, sagte er zu Jennings.

Auch der Inspektor wirkte zunehmend unruhig. Er ahnte zwar nicht den heraufziehenden Sturm, aber das Schlingern und Rollen war stärker geworden, und er empfand ein dumpfes Angstgefühl.

»Wir dürfen uns nicht bei der Frage der Pässe aufhalten«, gab er zurück. »Einen falschen von einem richtigen Pass zu unterscheiden ist fast unmöglich. Es gibt in allen Großstädten Leute, die falsche Pässe besorgen, vor allem in Hafenstädten wie Hamburg. Und dann sind die falschen Papiere zum Teil auch echt, vom Ausgangsmaterial her. Sie sind gestohlen und umfrisiert oder durch dunkle Kanäle aus den amtlichen Passbüros abgezweigt ...«

»Sodass Silberman also ...«

»... jeder sein könnte, der an Bord ist: Ericksen, Vriens, Evjen, Schuttringer oder Krull.«

»Evjen können Sie beiseite lassen. Ich kenne ihn schon acht Jahre.«

»Bleiben also noch vier.«

»Minus Ericksen, der nie existiert hat, darauf würde ich einen Eid leisten.«

»Warum haben Katia Storm und Ihr Dritter Offizier dann hartnäckig seine Anwesenheit an Bord vorgetäuscht?«

»Und warum die Sache mit dem Kohlensack?«, gab Petersen im gleichen Ton zurück. »Warum jetzt dieser Diebstahl? Und warum tauchen nur vierzigtausend im Koffer von Vriens auf, der zig sichere Verstecke auf dem ganzen Schiff gehabt hätte?«

Auf die Back ging ein erster schwerer Brecher nieder.

Der Inspektor zwang sich zu einem Lächeln. »Das ist doch wohl kein Sturm, oder?«

»Noch nicht!«

»Glauben Sie, wir kriegen …«

»Wenn Sie jetzt vielleicht mal bei Krull nachsehen würden?«

»Wo ist das, ganz unten?«

»Ja. Seine Koje ist links vom Maschinenraum. Der Leitende Ingenieur zeigt's Ihnen.«

Die Temperatur war beängstigend schnell gefallen, sodass Petersen sich den Schal doppelt um den Hals wickelte, als er draußen zur Reling ging.

Auf Deck unten waren vier Mann dabei, die Ladeluken mit starken Persennings abzudichten und die restliche Deckladung festzuzurren.

Aber es war schon zu spät. Sie waren gerade um die Spitze einer Insel gebogen, und eine Sturmbö traf das Schiff seitlich vorn.

Die Polarlys machte eine plötzliche Seitenwendung; ein großer Eisschrank riss sich aus der Halterung, rutschte nach Backbord und hätte beinahe einen Mann zerquetscht.

Ein Moment der Panik: Das Schiff legte sich im nächsten Augenblick stark nach Steuerbord, und das zwei Meter hohe und ebenso breite Frachtstück nahm seine bedrohliche Rutschpartie in Gegenrichtung wieder auf.

Petersen rannte die Treppe hinunter, ergriff ein Tauende und setzte mit den vier Männern dem Kühlaggregat nach. Sie hatten das Ding fast unter Kontrolle, als es sich noch einmal losriss, eine Want rammte und über Bord ging.

Dass es einen Unfall gegeben hatte, merkten sie erst, als sie das Gebrüll vom Vordeck hörten.

Die Want war unter dem Aufprall glatt gerissen, wie eine Peitsche über das Deck geschnellt, hatte den Lappen getroffen, der immer noch auf dem Spill gesessen hatte, und ihm das Schulterblatt gebrochen. Der Mann hatte die Vorgänge nicht bemerkt und hatte keine Ahnung, was mit ihm geschehen war. Er hatte einen Schock.

»Tragt ihn in eine Kabine! Schnell ... Gebt Evjen Bescheid!«

In Kirkenes gab es nämlich keinen Arzt, und Bell Evjen hatte schon oft erste Hilfe geleistet, wenn einer der Arbeiter sich verletzt hatte.

Das Schiff tastete sich durch eine enge Fahrrinne zwischen zwei Inseln. Hier waren die Wellen kurz, aber ein paar Kabellängen voraus kam die offene See; man konnte bereits schwindelerregende Wellenberge erkennen.

Petersen traf den Ersten Offizier, der durch den Tumult aus dem Schlaf gerissen worden war und nachsehen wollte, was es gab.

»Wir haben einen Verletzten ... Sie kümmern sich um ihn, ja? Ich muss nach oben.«

Vriens hatte die Stellung gehalten. Er lehnte mit dem Rücken an der Wand des Kartenhauses und sah immer geradeaus. Eine Bö hatte ihm die Mütze vom Kopf gerissen, und der Wind drückte ihm das blonde Haar in die Stirn. Er musste die Augen zusammenkneifen, weil er sonst in dem windgepeitschten Eisstaub nichts mehr gesehen hätte.

»Was ist denn los?«, murmelte Petersen, als er auf den Kompass sah.

Schon wieder die Serie, wie in Hamburg! Zuerst die Kühlanlage, dann der verletzte Lappe – und jetzt ...

Die kleine elektrische Birne, die den Kompass beleuchtete, wurde trüb. Nach und nach wurden die Glühfäden sichtbar – zuerst rötlich, dann braun. Und dann war Schluss!

Petersen beugte sich über die Reling, um festzustellen, ob das ganze Schiff dunkel war … Ja. Der Leuchtkreis, der normalerweise die Polarlys umgab, war weg.

»Halbe Kraft … Sechzig Umdrehungen. Bis wir wissen, was los ist.«

Sie erfuhren es bald durch den Ersten Offizier, der den Aufgang hinaufgestürmt kam. »Die Akkus sind mit einem Schlag ausgefallen. Es muss irgendwo einen Kurzschluss gegeben haben.«

»Und die Dynamos?«

»Der Leitende ist dabei, aber er sagt, dass sie nicht in Ordnung sind.«

Petersen stieg in den Rauchsalon hinunter, wo der Steward die beiden kardanisch aufgehängten Petroleumlampen angezündet hatte. Katia saß ganz allein in einem dunklen Winkel, hatte beide Hände an die Schläfen gepresst und starrte verloren vor sich hin.

»Was habt Ihr mit dem Lappen gemacht?«, fragte Petersen.

»Ist in der ersten Kabine auf Steuerbord. Herr Evjen ist bei ihm.«

Auf dem Weg dorthin hörte er bereits von weitem die Schmerzensschreie. Evjen hatte die Ärmel aufgekrempelt und tastete mit seinen langen weißen Fingern geschickt wie ein Chirurg die Schulter ab.

»Wie steht's?«

»Das Schulterblatt ist gebrochen. Und ich kann nichts

weiter machen, als ihm den Rücken mit einem Brett schienen ... Er muss ins Krankenhaus. Wann sind wir in Tromsø?«

»Etwa um Mitternacht.«

»Haben Sie Morphium an Bord?«

Petersen fuhr innerlich zusammen; es dauerte Sekunden, bis ihm klar wurde, warum. Er sah Evjen argwöhnisch an und schämte sich im nächsten Moment wegen seiner automatischen Assoziationskette: Morphium – Marie Baron – Mörder.

Die Atmosphäre an Bord war noch nie so düster gewesen. In den Korridoren Notbeleuchtung mit Petroleumlampen; in den Kabinen musste man sich mit Kerzen behelfen. Und dazu der schreiende Lappe ... Er lag mit nacktem Oberkörper da. Die bunte Kleidung war in der ganzen Kabine verstreut. Der Mann war ein Bild des Jammers; bei jedem Schlingern wurde er gegen die Kabinenwand geworfen, und sein Gesicht verzerrte sich schmerzhaft.

Von Rechts wegen hätte der Kapitän noch in den Maschinenraum müssen, um nachzusehen, was mit dem Dynamo los war. Aber es war ihm nicht wohl bei dem Gedanken, dass Vriens mit dem Lotsen allein auf der Brücke war.

Seine Gedanken waren überall gleichzeitig: ›Wenn Jennings bloß nicht die Treppe runterfällt und sich an einer Pleuelstange verletzt!‹ Schuttringer? Er hatte ihn nicht zu Gesicht bekommen. Und Peter Krull? War der auf seinem Posten?

Und das alles musste gerade jetzt passieren – ausgerechnet in dem Augenblick, in dem die Wahrheit offenbar ans Licht kam, wo man jedenfalls endlich über ein paar konkrete Fakten verfügte.

»Kapitän!«, rief der Zweite von Deck. »Die sechzig Umdrehungen sind zu wenig! Wir laufen aus dem Kurs!«

»Ich komme ...«

Er hatte noch nichts gegessen. Auf dem Weg nach oben holte er noch seine holzbesohlten Stiefel aus der Kajüte, weil er das bestimmte Gefühl hatte, dass ihnen noch allerhand bevorstand. Der Steward lief ihm über den Weg. »Was macht Schuttringer?«, fragte er ihn.

»Ich hab ihn vorhin noch mit jemand an Deck gesehen ...«

»Mit wem? Mit dem Kohlentrimmer?«

»Kann sein. Ich hab nicht drauf geachtet.«

Egal ... Petersen konnte sich nicht um alles gleichzeitig kümmern – um den Mörder und um sein Schiff.

»Achtzig Umdrehungen ... Hundert ...« Petersen stand oben vor dem Maschinentelegrafen und gab seine Anweisungen durch. »Wo stehen wir eigentlich genau?«, erkundigte er sich bei dem Lotsen.

»Wir müssten gleich das Leuchtfeuer von Loëdingen ausmachen ...«

Die Böen fegten mit solcher Wucht über die Brücke, dass Petersen sich wie Vriens und der Lotse an die Wand des Kartenhauses lehnen musste. Bei jedem Stampfen des Schiffs lösten sich die drei Rücken im Takt von der Wand, schwankten einen Augenblick und stießen dann wieder auf das graugestrichene Blech.

Rudolf Silberman ... Mörder von Marie Baron ... Neffe und Mörder von Sternberg ... Der Kapitän sah Vriens zum soundsovielten Mal verstohlen an. Er konnte

Silberman sein! Als er in Hamburg eintraf, hatte ihn vorher keiner gesehen. Da war ein junger Mann aus der Marineschule von Delfzijl unterwegs zur Polarlys, um dort als Dritter Offizier anzuheuern. Jemand mochte, wie auch immer, verhindert haben, dass er dort ankam, und Silberman hatte sich an seiner Stelle als der neue Dritte vorgestellt ... »Nein«, brummte Petersen plötzlich halblaut vor sich hin, weil ihm die Fotos aus Delfzijl eingefallen waren.

Und doch – hatte nicht Vriens sich von allen als Silberman in Frage kommenden Personen am merkwürdigsten verhalten?

Erstens: Er hatte ein Verhältnis mit Katia. Und Katia selbst stand unter dem Verdacht, bei der Orgie in der Rue Delambre und deren tragischem Ausgang dabei gewesen zu sein ... War Vriens erst an Bord ihr Geliebter geworden? Oder war er es schon vorher? Und warum hatten sich die beiden diesen Phantom-Ericksen ausgedacht, den sie zuerst auf der Polarlys etabliert hatten, um ihn dann in Stavanger in Form eines Kohlensacks über Bord gehen zu lassen? Und Katia ... Sie war praktisch blank, und dann wurde an Bord Geld gestohlen – von dem der größte Teil bei Vriens, ihrem Liebhaber, aufgefunden worden war ...

»Ein Leuchtfeuer, Kapitän!«

»Steuerbord zehn! Besser, wir weichen seewärts aus.«

Er versuchte, an seinen bisherigen Gedankengang anzuknüpfen, und wurde nervös, weil er merkte, dass er keinen klaren Gedanken fassen konnte. Er stand da und starrte angestrengt in die Dunkelheit wie die beiden anderen, um etwaige Baken auszumachen.

Sie fuhren auf gut Glück im Abstand von knapp zwei Meilen an der Küste entlang, vor der sich ungezählte Schären entlangzogen, zwischen denen enge Fahrrinnen mit oft entgegengesetzten Strömungen verliefen. Es ging nun darum, die grün, rot und weiß aufblitzenden Lichtsignale der vielen Baken rechtzeitig zu erkennen.

Zwischen den drei Männern fiel kein Wort – eine Viertelstunde, eine halbe Stunde lang. Dann wies einer auf einen Punkt in der Dunkelheit; auch die anderen hatten das Feuer fast gleichzeitig erkannt, und es fiel ein Name: »Stokmarknes ... Sortland ...«

Wenn Vriens Silberman ist, nahm der Kapitän seinen Gedankengang wieder auf ... Tiefe Falten standen auf seiner Stirn, er versuchte, die verschiedenen Zwischenfälle zu rekapitulieren und, ausgehend von seiner jeweiligen Hypothese, zu erklären.

Doch trotz seines Verdachts machte ihm die Nähe des jungen Mannes nichts aus, der bei einem starken Brecher manchmal gegen seine Schulter prallte.

Und wenn Krull ... Es ging von Neuem los. Aber warum hätte Krull die Sache mit dem Kohlensack verraten sollen? Hatte er womöglich gelogen? Vielleicht war ein gewisser Ericksen – oder jemand, der sich für ihn ausgab – in Stavanger tatsächlich ins Wasser gesprungen? Die Leiche war zwar nicht geborgen worden, aber so etwas passierte in den Häfen oft – der Tote sinkt auf Grund, wo er an einem Tau oder einem Anker hängenbleibt ... Oder er wird von der Tide ins Meer hinausgetrieben.

»Kapitän ...«

Petersen wurde aus seinen Gedanken gerissen und fuhr herum.

Es war der Steward. Er kam auf unsicheren Beinen näher und war offensichtlich verstört von der Höhe der Wellen und der Wucht der überkommenden oder am Schiff entlang schäumenden Brecher. »Kapitän, es ist wegen des Inspektors ...«

»Wo ist er?«

»In seiner Kabine, seekrank ... Er sagt, er muss Sie sofort sprechen.«

Der Kapitän kontrollierte den Kurs, sah den Lotsen und Vriens an und dann den Mann im Ruderhaus, der nur als fahler Schatten in seinem Glaskäfig zu erkennen war. Dann ging er den Niedergang hinunter.

Katia saß immer noch in der gleichen Ecke des Rauchsalons. Der Zylinder der einen Petroleumlampe war inzwischen angeschwärzt. Beängstigend, diese völlig unwirkliche Atmosphäre! Diese schattenhaften Gestalten, die alle ein Geheimnis mit sich herumzutragen schienen ... Was mochte sie da tun? Weinte sie? Oder war ihr alles egal? Oder war auch sie seekrank?

Noch nie war ihm die Polarlys so trübselig, aber auch so beunruhigend erschienen. Angefangen mit dieser Kühlanlage, die geradezu heimtückisch über das Deck geschlittert war ... In neunundneunzig Prozent aller Fälle hätte die gerissene Want niemand getroffen. Da musste sich schon ein Lappe trotz der Kälte, des Sturms und des gefrierenden Niederschlags auf das Spill setzen!

Noch dazu verstand der Mann kein Wort Norwegisch. Man konnte ihm nicht erklären, was passiert war. Man sah ihm nur deutlich an, dass er sich von der ganzen Mannschaft bedroht fühlte.

Angefangen hatte das doch schon in Hamburg. Auch

dort ein gerissenes Seil. Dann der dichte, schmierige Nebel ... Vriens war mehr tot als lebendig, auf alle Fälle total verkatert an Bord gekommen. Und dann der Elbkahn, den sie beinahe in Grund gebohrt hätten ...

»Also dann – der Nächste!« Petersen öffnete die Tür zur Kabine des Inspektors.

Jennings hielt sich gerade eine der Papptüten vor den Mund, die für seekranke Passagiere in den Kabinen bereitlagen. Der Kerzenstummel in der Kabine war höchstens noch drei Zentimeter hoch, und das flackernde Licht erhellte ein verzerrtes Gesicht, verquollene Augen und einen bitter verzogenen Mund.

»Wenn ich doch bloß brechen könnte ... Wir sind in einem richtigen Sturm, nicht wahr?«

»Bis jetzt ist das halb so wild.«

»Ja, glauben Sie, es wird noch schlimmer?«

»Sie haben mich holen lassen?«

»Ja. Warten Sie mal ... Ich weiß nicht, wie ich mich halten soll. Wenn ich liege, ist es noch schlimmer, glaub ich ... Gibt's da wirklich kein Mittel dagegen? – Also, hören Sie, Kapitän ... Ich bin da runtergegangen. Ich hab gedacht, ich brech mir das Genick, kann ich Ihnen sagen. All die eisernen Leitern ... Ich hab mir den Seesack von Krull vorgenommen. Und dort hab ich das hier gefunden ...« Er wies auf ein paar Goldmünzen, die neben einem nassen Handtuch auf dem Tischchen lagen. »Herr Evjen hat sie erkannt; es sind die, die er bei sich hatte.«

»Hat Krull Sie gesehen?«

»Er war nicht da. Wollte sich wohl an Deck frischen Wind um die Nase ... Sie müssen zusehen, dass er Ihnen in Tromsø nicht entkommt! Ich weiß nämlich nicht, ob ich imstande bin ... Aaach!« Er hielt sich die Tüte vors Gesicht; sein Oberkörper wurde von Krämpfen geschüttelt, und er riss den Mund auf. »Da, sehen Sie – unmöglich! Und dabei dreht sich mir alles im Kopf ... Was war denn das?« Er war hochgefahren und lauschte.

Von Deck kam ein brausendes Geräusch.

»Das war ein Brecher ...« Auch Petersen war nicht wohl; es war ihm klar, dass der Brecher auch über die Brücke gegangen sein musste. »Bleiben Sie ganz ruhig ...«

»Ja, ja. Ich ...«

Petersen war unschlüssig. Wohin sollte er zuerst – nach oben? Er ging kurzentschlossen in den Maschinenraum, wo der Leitende Ingenieur immer noch am Dynamo arbeitete.

»Wieder in Ordnung?«

»Nein. Nichts zu machen, ehe wir im Hafen sind.«

»Ist Krull da?«

Der Ingenieur wandte sich zum Heizraum und leitete die Frage weiter.

Der Heizer streckte sein schwarzes Gesicht durch die Tür und stieß eine Flut von Verwünschungen aus.

Krull war seit mehr als zwei Stunden verschwunden, und das gerade jetzt, wo mehr Kesseldruck benötigt wurde als je zuvor. Der zweite Kohlentrimmer schaffte es nicht ... Der Heizer verlangte einen zweiten Mann, egal wen, der ihm Kohlen heranschaffte.

»In seiner Koje ist er auch nicht?«

»Nein! Er ist weg ...«

»Ich schick euch einen von der Deckcrew runter.«

Auch im Maschinenraum nur Petroleumbeleuchtung; die Atmosphäre womöglich noch düsterer als anderswo.

Die Männer mussten akrobatische Leistungen vollbringen, um das Gleichgewicht zu halten und nicht von einer Pleuelstange erfasst zu werden.

Als Petersen den Fuß wieder auf Deck setzte, fluchte er Stein und Bein, als ob eine saftige Schimpfkanonade geeignet gewesen wäre, ihm Erleichterung zu verschaffen. »Du gehst nach unten und hilfst beim Kohlentrimmen!«, haute er den Erstbesten an, der ihm über den Weg lief.

»Ich? Aber ich muss …«

»Los, geh!« Es war jetzt nicht der richtige Moment zum Argumentieren.

Als Petersen sich nach vorn beugte, erblickte er das rote Licht einer Bake, die die Schären von Risotyhamm anzeigte.

Bell Evjen tauchte auf; er hatte Petersen gesucht. Auch Evjen war mitgenommen. Er hatte jene gelbliche Verfärbung um die Nasenflügel, die ein Vorbote der Seekrankheit ist. »Moment mal, Kapitän … Es hat da einen kleinen Zwischenfall gegeben. Ich hatte Ihnen ja gesagt, dass ich dem Verletzten eine Spritze geben wollte, weil er sonst die Schmerzen nicht mehr aushält. Der Steward hat mir die Bordapotheke gebracht; ich habe sie in der Kabine gelassen …«

»Und? Hat er sich vergiftet?« Petersen war auf alles gefasst, auf die unwahrscheinlichsten Unglücksfälle. Jetzt, wo die Serie wieder eingesetzt hatte, die Pechsträhne richtig lief …

»Nein. Aber da war eine Packung mit sechs Morphiumspritzen … Und die ist verschwunden. Auch die Injektionsnadel ist nicht mehr da.«

»Wer kann in die Kabine gekommen sein?«

»Tja – das könnte uns nur der Lappe sagen. Und der versteht kein Wort. Er ist fest überzeugt, dass wir ihn umbringen wollen; er verkriecht sich bei der geringsten Annäherung in den hintersten Winkel der Koje.«

»Hat der Steward nichts gesehen?«

»Er sagt, er sei auf die Brücke gegangen ...«

»Na schön!« Petersen stapfte den Aufgang hinauf und kam durchnässt bei Vriens und dem Lotsen an, weil ihn auf halbem Weg eine Welle von hinten getroffen hatte.

Er stellte sich wortlos zwischen die beiden an die Wand des Kartenhauses. Er konnte nur noch müde grinsen, als eine schräg heranrollende hohe Welle eines der Fiertaue eines Bootes zerriss, das unterhalb des Schornsteins zwischen den Davits hing.

Um Mitternacht stand er immer noch da, die Lippen böse zusammengekniffen, steif vor Kälte, und hielt unverwandt Ausschau nach den Baken und Leuchtfeuern. Seit drei Stunden rauchte er nicht, denn dazu hätte er die Hände aus den Taschen nehmen, den Mantel aufmachen und ins Ruderhaus gehen müssen, um ein Streichholz anzuzünden.

Von den Wanten und den Ladebäumen hingen Eiszapfen, und auf der Back hatten die überkommenden Brecher einen bläulich schimmernden Eisberg gebildet, rundlich, wie eine monströse Qualle.

10

Tromsø

V riens!«
Der junge Mann wandte sich langsam um. Die Anrede kam ziemlich unerwartet, nachdem sie vorher stundenlang geschwiegen hatten.

»Krull ist weg, verschwunden ... Womöglich ist er in Svolvaer geflüchtet ...«, sagte Petersen und sah Vriens scharf an.

Doch dann, als er dem jungen Mann in das übermüdete Gesicht sah, das eher traurig als ängstlich wirkte und zum ersten Mal vielleicht einen männlichen Zug hatte, schämte er sich seines prüfenden Blicks. Er hatte vorgehabt, ihm irgendein Geständnis oder auch nur einen Satz abzupressen, mit dem er weiterkam. Aber jetzt wurde ihm klar, dass dies weder der Ort noch die Zeit dazu war.

Zu seiner Rechten spähte der dick vermummte Lotse weiterhin angestrengt in die Dunkelheit, und es war schon ein Wunder, dass ihm seine Einbildung keinen Streich spielte, während er sich so darauf konzentrierte, etwa vorhandene Lichtsignale auszumachen.

Der Rudergänger hielt erschöpft das messingbeschlagene Rad umklammert und starrte dauernd auf den Kompass.

Und bei alledem hatten die Männer Mühe, bei der rauen See das Gleichgewicht zu halten. Alle zehn Sekunden traf das Schiff ein Stoß, dass man meinte, die Spanten knirschen zu hören. Drei mächtige Brecher droschen unmittelbar hintereinander auf die Polarlys ein, brandeten bis zum Schornstein mit den weiß-roten Streifen hinauf und rissen das Rettungsboot weg, das nur noch auf einer Seite an einer Talje hing.

»Kapitän!« Der Lotse starrte in höchster Konzentration auf einen Punkt. »Verstehen Sie, was die uns da vorn signalisieren?« Er wies auf Morsezeichen, die die beiden anderen erst nach einigen Sekunden ausmachten.

»Schon Tromsø?«, fragte Petersen erstaunt.

»Tromsø, ja. Aber es sieht ganz so aus, als wollten sie uns nicht in den Hafen lassen. Da – es werden Fackeln in die Luft geschossen! Haben Sie's gesehen? – Da! Sie fangen wieder an ... Dreimal weiß ... Einmal rot ... Einmal weiß ...«

»Zweimal weiß«, korrigierte Vriens matt.

»Ja und ...?«

Der Kapitän war vorn an die Reling getreten, und obwohl er sich mit beiden Händen daran festhielt, kam er doch ins Taumeln. Ein Schwall Gischt klatschte ihm ins Gesicht. »Maschine stopp!«, kommandierte er. »Ich bin noch nicht sicher«, fuhr er fort, »aber ich glaube ...«

Weitere Morsezeichen. Immer wieder die gleiche Nachricht.

»Wir müssen antworten ... Wetten, dass unsere Signallampen nicht einsatzbereit sind?« Das Letzte tat ihm gleich danach leid, denn Vriens war schon von selbst ins Ruderhaus gegangen und machte eine Lampe klar. »Geben Sie durch: ›Verstanden!‹«

Der Lotse war zu dem Kapitän an die Reling getreten.

»Sie sagen«, wandte sich Petersen an ihn, »wir sollen uns auf Reede legen und warten. Die Hafeneinfahrt ist durch einen Trawler blockiert, der am Abend abgesoffen ist und sich quer gelegt hat.« Er betätigte den Hebel am Maschinentelegrafen. »Volle Kraft voraus!« übermittelte er nach unten. Dann: »Halbe ...«

Wieder war nichts zu sehen. Dann war ein verschwommener Lichtkreis zu erkennen, und die Sirene der Polarlys tutete dreimal lang.

Tromsø lag zu ihrer Linken hinter einem Schärengürtel, der nur eine relativ schmale, für einen Dampfer mittlerer Tonnage gerade ausreichende Fahrrinne freiließ. Um das Wrack herum herrschte offenbar hektische Aktivität auf der Hafenmole; das Quietschen eines Krans drang zu ihnen herüber.

Die Strömung trieb das Schiff fast unmerklich auf die Klippen zu. Sie mussten immer wieder Fahrt aufnehmen, abstoppen, zurücksetzen und wieder stoppen; die quer anlaufende See wollte die Polarlys auf die Schären drücken, und sie hatten die größte Mühe, sie auf Kurs zu halten.

»Lass die Jakobsleiter runter«, sagte Petersen zum Zweiten Offizier, der auf die Brücke gekommen war. »Sie schicken uns ein Schnellboot mit den Postsäcken ... Seht zu, dass der Lappe mit größter Vorsicht abtransportiert wird!«

Petersen war beinahe erfreut über diesen neuerlichen Zwischenfall. In Tromsø kannte ihn Gott und die Welt; da war auch der ständige Vertreter der B. D. S., seiner Reederei, ein alter Spaßvogel ... Er hätte erzählen und Hände schütteln müssen, und dazu hatte er nicht die geringste Lust.

Lange bevor sie das Schnellboot sahen, drang das Tuckern des Dieselmotors zu ihnen herüber; das weiße Topplicht tauchte erst viel später auf, beschrieb einen Bogen und kam von achtern näher. Mehrere Anlegeversuche scheiterten; zurück, vor und wieder zurück ... Das Boot war vielleicht ein Dutzend Mal ganz dicht bei der Leiter, und ein Dutzend Mal wurde es vom Schwall wieder abgetrieben.

Dann endlich hatten sie festgemacht. Zwei Männer in Ölzeug kamen an Deck, und Petersen ging ihnen entgegen und gab ihnen die Hand. »Wie ist denn das passiert?«

»Tja ... Wieder mal einer, der keinen Lotsen an Bord hatte. Phantastischer neuer Fischtrawler; ein Diesel, der zum ersten Mal südlich von Spitzbergen Kabeljau fischen wollte, ein Deutscher ... Also, die verlassen sich bloß auf ihre Seekarten. Was sie nicht gehindert hat, in der Fahrrinne auf eine Klippe zu laufen.«

»Hat's Tote gegeben?«

»Einen, ja. Ein fünfzehnjähriger Schiffsjunge ist beim Aufprall über Bord gegangen ... Sie überlegen jetzt, ob sie den Kahn mit Dynamit sprengen sollen.«

Der Postbeamte brachte die Postsäcke an Bord. Drei Männer versuchten, den Lappen vorsichtig abzutransportieren. Der stieß ein unmenschliches Gebrüll aus und wehrte sich mit aller Macht, da keiner ihm verständlich machen konnte, was man mit ihm vorhatte.

»Bringt ihn ins Krankenhaus! So schnell wie möglich!«

Sie schafften es nicht, ihn an Bord des Schnellboots zu bringen. Es endete schließlich damit, dass er, während er sich noch zur Wehr setzte, aus fast zwei Meter Höhe

145

herunterstürzte, mit dem Kopf auf das Deck knallte und das Bewusstsein verlor.

»Wisst ihr, dass man eure Positionslichter noch nicht mal auf eine Kabellänge erkennt?«

»Ja, weiß ich«, knurrte Petersen.

»Gebt gut Acht! Zwei englische Kohlenfrachter sind auf dem Weg von Kirkenes nach hier; sie sollen heute Nacht Tromsø anlaufen.«

»Ja, gut …« Er wollte das alles so schnell wie möglich hinter sich bringen. Die Polarlys kam der Stadt gefährlich nahe; man sah bereits die Lichter durch den eisigen Nebel.

Es fiel jetzt wieder ein ganz feiner Schnee, der wie kleine Pfeile auf der Haut prickelte und sich in den Stiefeln und den Kleidern festsetzte.

Der Kapitän hatte das Hin und Her auf dem Schnellboot scharf im Auge behalten. Als sie dort unten die Leinen loswarfen, zählte er die Schatten an Bord und gab dann das Zeichen: Klar zum Ablegen.

Auf der Brücke oben war Vriens; er leitete das Ablegemanöver. Petersen lauschte etwas beunruhigt, aber die Schraube setzte normal ein. Die beiden Schiffe hatten sich kaum getrennt, da drehte die Polarlys hart nach Steuerbord, und der Maschinentelegraf gab zuerst ›Halbe‹ und danach ›Volle Kraft voraus‹ nach unten durch.

Der Junge da oben muss ganz schön grün um die Kiemen sein, dachte Petersen – die Hand am Hebel, den Blick starr in die Finsternis gerichtet, in der man gerade noch den milchigen Kamm der nächsten Welle erkennen kann … Er ging nicht gleich nach oben, sondern warf zuerst einen Blick in den Speisesaal, wo er den Steward antraf. Er war aschfahl und lag auf einer Bank. »Stimmt was nicht?«

»Ach, wissen Sie – es ist immer das Gleiche bei mir. Ein bisschen Schlingern, das geht ja noch ... Aber das hier!«

»Und? Hast du sonst jemand gesehen?«

»Herr Evjen hat geklingelt. Er wollte Mineralwasser.«

»Ist er auch seekrank?«

»Na ja, ein bisschen. Aber er hält sich noch. Er wollte gerade ins Bett.«

»Und die anderen?«

»Keine Ahnung. Vorhin wollte der Inspektor seine Kabine verlassen, aber er musste sofort wieder umkehren. Der ist noch mehr angeschlagen als ich!«

Das Glas der Lampe war zerbrochen, das Licht ganz klein. Der Kapitän sah den spärlich erhellten Korridor entlang und ging plötzlich auf die Kabine von Arnold Schuttringer zu. Er wollte anklopfen, zuckte dann aber die Achseln und stieß die Tür auf.

Der Deutsche hatte die Brille abgesetzt; seine Augen erschienen normal groß. Er saß auf dem Rand seiner Koje und hatte Schweißperlen auf der Stirn. Der Kapitän hatte mit einem Blick erkannt, dass er die Papptüte benutzt hatte; sie lag noch da.

»Um wie viel Uhr sind wir in Tromsø?«, fragte Schuttringer. »Was war das vorhin für ein Manöver?«

»Wir haben Tromsø hinter uns.«

»Was sagen Sie da?« Er war in die Höhe geschnellt, und seine Miene war so bitterböse, dass er fast bedrohlich aussah. »Wir haben Tromsø hinter uns? Ohne Zwischenaufenthalt?«

Die Kerze gab nur spärliches Licht ab, und trotzdem

konnte man beobachten, wie sich auf Schuttringers gerunzelter Stirn dicke Schweißtropfen bildeten.

»Ein Trawler ist heute Abend in der Hafeneinfahrt gesunken.«

»Ja und?«

»Die Post ist an Bord gebracht worden ... Die Ladung muss eben auf dem Rückweg gelöscht werden.«

Zum ersten Mal, seit er an Bord war, hatte der Deutsche die Fassung verloren; er war in heller Erregung. »Ich hätte gern gewusst, mit welchem Recht die Reederei sich herausnimmt ...«, begann er grimmig.

»Wollten Sie in Tromsø an Land?«

»Telegrafieren wollte ich.«

»Da hätten Sie was sagen müssen! Der Mann von der Post war ja an Bord ... Wollten Sie vielleicht in Deutschland Geld anfordern?«

Schuttringer gab keine Antwort.

»Wenn ja, dann kann ich Ihnen, glaube ich, Hoffnung machen, dass Ihr Geld bald auftaucht. Es sind inzwischen nämlich Goldmünzen in der Hängematte des Kohlentrimmers Krull aufgefunden worden. Krull selbst hat sich hier irgendwo auf dem Schiff verkrochen.«

»Danke!«, sagte Schuttringer trocken und streckte die Hand nach der Türklinke aus, wie um die Tür zu schließen.

Petersen ging mit gesenktem Kopf weg und zuckte jedes Mal innerlich zusammen, wenn sein Schiff einen besonders heftigen Brecher abbekam. Wenn er genügend Leute gehabt hätte, dann hätte er angeordnet, Peter Krull um jeden Preis ausfindig zu machen; er war ja sicher, dass er ihn nach der Abfahrt aus Svolvaer noch gesehen hatte.

Er stieg langsam den Aufgang zum Rauchsalon hoch und öffnete die Tür. Ein Gesicht wandte sich ihm im Halbdunkel des Raumes zu.

»Kapitän …«

Katias Stimme klang noch zögernd. Er antwortete nicht, blieb aber im Türrahmen stehen.

»Hören Sie, Kapitän … Ich muss mit Vriens sprechen, nur einen Augenblick. Er ist auf der Brücke oben, nicht wahr?« Und als Petersen immer noch schwieg: »Ich flehe Sie an, lassen Sie mich zu ihm! Er hat nicht gestohlen, ich schwör's Ihnen! Wir müssen das alles arrangieren … Haben wir Tromsø verlassen?«

»Wir sind dran vorbei, ohne anzulegen.«

Sie stand abrupt auf und machte ein paar schnelle Schritte auf ihn zu. Ihr schwarzes Kleid verschwamm in der Dunkelheit, und der helle Fleck des Gesichts war durch die eigenartige Beleuchtung verzerrt.

Petersen fiel auf, dass das Fieberbläschen am Haaransatz violett verfärbt war, und die trockenen, aufgesprungenen Lippen waren auch ein Zeichen, dass sie Fieber hatte.

»Das ist doch nicht möglich! Warum? Wann legen wir das nächste Mal an?«

»Morgen Abend, in Hammerfest.«

Sie hatte sich an ihn geklammert, und er merkte, wie sie zitterte. »Ja aber …« Sie fuhr sich mit der Hand über die Stirn, seufzte und fragte ängstlich: »Wer ist noch alles an Bord?«

»*Alle* sind noch an Bord! Beziehungsweise ist jetzt ein Kohlentrimmer verschwunden. Ein gewisser Peter Krull.« Er ließ sie nicht aus den Augen.

Es juckte ihn in den Beinen; er zitterte innerlich vor Ungeduld, weil er wusste, dass sein Platz draußen war, auf der Brücke, und weil die anderen ihn in der nächsten Sekunde vielleicht brauchten ... Ob Vriens und der Lotse das Leuchtfeuer von Skjaërevoy erkannten, das mit am schwierigsten auszumachen war?

Gleichzeitig spürte er, dass die Gelegenheit einmalig war. Katia Storm war am Ende; die Angst und der Sturm hatten ihre letzte Widerstandskraft gebrochen ... Trotzdem: Er durfte nichts Ungeschicktes sagen. Sie konnte sich immer noch auflehnen und so geistesgegenwärtig reagieren wie zuvor ...

Er stand triefend vor Nässe in seinem Ziegenfell da, und seine Beine waren wie Säulen in den groben Stiefeln. »Ich kann Vriens etwas von Ihnen ausrichten«, sagte er. »Wegen der in seiner Kabine aufgefundenen Scheine gilt er als vorläufig festgenommen ... In Hammerfest wird er dann den Behörden übergeben.«

»Nein! Nein!« Sie winkte ungeduldig ab. »Lassen Sie *mich* doch mit ihm reden! Oder vielmehr ...« Sie sah sich nach allen Seiten um, als suchte sie einen Halt.

»Er muss sich wegen des Diebstahls verantworten. Und dann wird er nachweisen müssen, dass er nicht mit einem gewissen Rudolf Silberman identisch ist.«

Sie wich einen Schritt zurück. Ihr Blick wurde hart. »Was sagen Sie da?« Sie sah ihm in die Augen.

»Ich spreche vom Mörder der Marie Baron. Und vom Mörder des Polizeirats von Sternberg – von dessen Neffen – Rudolf Silberman aus Düsseldorf, der sich unter falschem Namen auf der Polarlys eingeschifft hat.«

Sie setzte sich. Eigenartig ... Es war plötzlich eine solche Ruhe in ihr, dass es den Kapitän erschreckte. Sie saß zwei Meter von ihm entfernt, den Kopf in die Hand und den Ellbogen auf den Tisch gestützt, auf dem noch eine leere Flasche stand. Sie starrte zu Boden.

»Und? Was wissen Sie noch?« Sie warf das Haar zurück, das ihr ins Gesicht gefallen war. Sie streckte automatisch die Hand nach den Zigaretten in ihrer Tasche aus, hatte sie aber offenbar in ihrer Kabine gelassen.

In dem Moment geriet das Schiff so stark ins Schlingern, dass sie mitsamt dem Stuhl umgefallen wäre, wenn sie sich nicht am Tisch festgehalten hätte. Auch Petersen musste am Türrahmen Halt suchen.

Oben begann die Sirene zu heulen. Petersen hätte auf der Brücke sein wollen. Er wurde das Bild der schwarzen, aufgewühlten See nicht los, und er wusste, er hätte nach dem Leuchtfeuer von Skjaërevoy Ausschau halten müssen. Nur noch einen Moment, räumte er sich ein.

»Silberman«, fuhr er fort, »ist in Begleitung einer Frau von Paris nach Hamburg geflohen, hat auf der Polarlys eine Passage gebucht und das Menschenmögliche getan, seine Spur zu verwischen, wobei er sogar einen Passagier erfunden hat ...«

Sie lachte nervös auf. »Und weiter?«

»Schon in Hamburg hat er mit seinem Verwirrspiel angefangen und setzt es seither mit allen Mitteln fort, immer von seiner Begleiterin unterstützt ... Er hat Sternberg umgebracht. Und jetzt, wo er sich eingekreist fühlt, jetzt versucht er vielleicht nochmals ...«

»Schweigen Sie!« Es war schon zu Ende mit ihrer Ruhe. Ihre Fingernägel krampften sich in ein kleines graublaues Taschentuch, das sie zerriss. »Lassen Sie mich mit Vriens sprechen, Kapitän! Oder ... Nein, doch nicht ... Es ist sinnlos! Alles ist sinnlos.«

»Silberman ist Ihr Liebhaber, stimmt's?«

»Schweigen Sie! Gehen Sie weg!«

»Ich will eine Antwort.«

»Aber nein ... Sie haben nichts begriffen. Gehen Sie!«

»Wer ist Silberman? Wer?«

Sie war so nervös, dass sie bei der geringsten Berührung durchgedreht hätte. Die rauen Lippen öffneten und schlossen sich, aber es kam kein Ton heraus. »Wozu?«, murmelte sie nach einer Weile. »Zu spät ...«

»Und wenn Sie helfen würden, ein weiteres Verbrechen zu verhindern?«

»Lassen Sie mich, ich bitte Sie! Ich schwöre Ihnen, ich kann einfach nicht ... Sagen Sie Vriens ... Er ist unschuldig. Auch mit dem Diebstahl hat er nichts zu tun. Sie müssen das glauben! Sagen Sie ihm, dass ...« Sie suchte nach Worten, blickte wirr um sich. »Sagen Sie ihm, dass es aus ist. Er kann jetzt ...«

»Was kann er jetzt?«

»Ach, nichts! Ich weiß nicht mehr! Sehen Sie nicht, dass ich fertig bin? Dass mir alles wehtut, dass ... Gehen Sie! Ist doch alles egal!« Damit warf sie sich völlig unerwartet auf die Bank, wo sie liegenblieb, die Hände unter dem Kopf verschränkte und von Weinkrämpfen geschüttelt wurde.

Die Sirene heulte immer noch – hartnäckig, unerklärlich. Petersen sah Katias blondes Haar und die dunkle Gestalt an und zögerte kurz. Nein, er konnte nicht dableiben. Aber ihr Zustand war beunruhigend, und er hätte gern jemand bei ihr gelassen – Evjen zum Beispiel.

Er hatte wirklich keine Zeit mehr, zu den Kabinen hinunter zu gehen. Er musste auf die Brücke! Auf dem Weg nach oben klatschte zweimal eine Sturzwelle auf ihn herunter. Als er zum Ruderhaus kam, rief Vriens ihn unaufgefordert an.

»Hören Sie, Kapitän!«, keuchte Vriens ihm entgegen. »Dort drüben ...!« Und er wies irgendwo aufs Meer hinaus. »Maschinengeräusch ... Wahrscheinlich einer der englischen Kohlenfrachter! Er hat zweimal geantwortet. Und jetzt ist nichts mehr zu hören ...« Er hielt noch immer den Griff der Sirene umklammert.

Die beiden Schiffe steckten in einem solchen Schneetreiben, dass sie unmöglich ihre gegenseitigen Lichter erkennen konnten – beziehungsweise erst, wenn es zu spät war, einander auszuweichen.

»Sechzig Umdrehungen ... Vierzig!«, befahl Petersen.

Sogar der Lotse, der die Route seit dreißig Jahren machte, zeigte sich besorgt. »Diese Engländer kümmern sich einen Teufel um die Vorschriften! Wo stecken die bloß?«

Ohne den Sturm hätten die Engländer ihn vielleicht sogar gehört, denn im selben Moment glitt weniger als dreißig Meter von der Polarlys entfernt eine rote Positionslampe vorüber. Man erkannte einen weißen Schornstein und ein hell erleuchtetes Deckhaus.

Das Wasser lief an Vriens nur so herunter. Dessen ungeachtet griff er nach einem völlig durchnässten Taschentuch und wischte sich das Gesicht ab – als ob der Schweiß lästiger sei als das Wasser von draußen. Ein dünnes Lächeln trat in sein Gesicht.

Petersen, der direkt neben ihm stand, erriet ein ersticktes Aufschluchzen. Und er begriff. Er war im tiefsten Innern bewegt.

Es war ja schließlich seine erste Fahrt, sein erster Einsatz! Und er hatte über eine Viertelstunde lang, Auge und Ohr gespannt, auf dieses Monstrum von Kohlenfrachter gelauert, der irgendwo da in der Dunkelheit seine zehn Knoten machte.

Das rote Licht war wie ein Meteor vorübergezogen. Und jetzt war Vriens wahrscheinlich weich in den Knien ... Petersen kannte dieses Phänomen nur zu gut, diese nachträgliche Angst. Ja ja, ein kleines Aufschluchzen ...

Vriens steckte sein Taschentuch wieder ein, lehnte sich erneut an die Wand des Kartenhauses und spähte wieder in die Nacht.

»Vriens ...«

Petersen bedauerte sofort, dass er ihn angesprochen hatte, weil er sich das bleiche, nervöse und übermüdete Gesicht vorstellte, das sich ihm voller Misstrauen zuwandte. Und dabei hatte er ihm etwas Nettes sagen wollen! Nein, eher etwas Beruhigendes ...

Noch hatte er nicht alles begriffen. Aber es dämmerte ihm, welche Rolle dem Dritten Offizier in dem ganzen Drama an Bord zugedacht war.

»Kapitän ...?« Die Stimme klang rau.

»Die Sirene ...«, ermahnte Petersen ihn müde. »Alle dreißig Sekunden. Es sind ja zwei Kohlenfrachter fällig. Bleibt also noch einer!«

In gefühlsmäßiger Hinsicht war er eben zu unbeholfen, und er fand diese Unbeholfenheit demütigend.

Es war aber auch wirklich schwierig, und vor allem unter solchen Umständen, einem Jungen so mir nichts, dir nichts zu sagen: ›Ich habe Vertrauen in Sie, wissen Sie ...‹ Und noch dazu, wo er ohne Weiteres hätte hinzufügen können: ›Tut mir leid, dass ich so hart rangegangen bin, aber ... ‹

Nein, zur See, und vor allem mit triefendem Mantel und eiskalten Füßen, da sagt man schon eher: »Die Sirene ... Alle dreißig Sekunden ...«

Die Sirene heulte ohrenbetäubend auf.

11

Die Nacht in Hamburg

Acht Uhr früh. Die Lage entspannte sich. Die Berge zeichneten sich im fahlen Licht der Morgendämmerung als weiße Konturen auf grauem Grund ab. Die Böen waren schon seit einiger Zeit nicht mehr so heftig gewesen. Aber die See war noch rau und die Dünung voller weißer Schaumstreifen.

Die Polarlys drehte jetzt endlich und fuhr ziemlich dicht unter Land im Schutz vorgelagerter Inseln. Obwohl der Wind noch in den Wanten pfiff, hatten sie das Gefühl völliger Windstille.

Den drei Männern auf der Brücke brannten die Augen; alle drei fühlten sie sich total zerschlagen, und ein dumpfer Schmerz bohrte im Kreuz und im Nacken.

Petersens erste Reaktion war, dass er in die Tasche griff, die inzwischen voller kleiner Schneekristalle war, und seine Pfeife hervorzog. »Der Zweite hat geschlafen. Er wird für uns die Wache übernehmen!«, sagte er zu Vriens.

»Jawohl, Kapitän …« Vriens hatte alle Energie aufgeboten, um nicht vor Erschöpfung umzufallen. Aber er hatte durchgehalten.

Petersen warf einen Blick auf den Kompass, auf den Tourenzähler und über das völlig vereiste Schiff hinweg, das gleichsam aus der Nacht auftauchte. Dann machte er sich zum Niedergang auf, und Vriens folgte ihm.

Der Kapitän blieb stehen, um den jungen Mann vorzu-
lassen.

»Kapitän ...«, fing Vriens da an, sah dabei aber weg. Er
spürte natürlich Petersens freundlichen und aufmuntern-
den Blick auf sich, und das schien ihm gegen den Strich
zu gehen. »Stimmt es, dass Krull in Svolvaer das Schiff
verlassen hat?«

»Glaub ich nicht ... Er hält sich an Bord versteckt. Ich
werde ihn nachher gleich suchen lassen.« Dann legte er
plötzlich seinem Dritten die Hand auf die Schulter. »Sagen Sie ... ist er ihr Liebhaber? Oder ihr Mann?«

Vriens senkte den Kopf und blickte dann ängstlich zum
Kapitän auf. »Ihr Bruder«, sagte er schließlich leise. »Sie
selbst ist unschuldig.«

»Kommen Sie!« Er wies die Treppe hinunter und öffnete unten die Tür zum Rauchsalon.

Sie erschraken beide bei dem Anblick. Die eine Petroleumlampe brannte immer noch und erhellte das Grau
der Morgendämmerung mit ihrem gelblichen Licht. Eine
Flasche Mineralwasser war zu Boden gefallen und zerbrochen. Und dann Katia ... Sie lag auf der Seitenbank
und schlief endlich. Man hätte meinen können, sie sei
tot, wenn man nicht ihre Atemzüge gehört hätte. Alles
Anziehende war aus ihrem Gesicht verschwunden. Die
Übermüdung hatte ihre Züge hart gemacht, und das Haar
klebte an den Schläfen. Der rechte Arm hing schlaff zu
Boden. Und selbst im Schlaf hatte sie noch einen schmerz-
lichen und nervösen Gesichtsausdruck. Die Lippen waren bitter verkniffen, wie häufig bei Seekranken.

Vriens wandte sich ab, und Petersen zog ihn weiter in
seine Kajüte, wo der Sturm auch einigen Schaden ange-

richtet hatte. Ein Tintenfass war zu Boden gefallen und auf dem Linoleum ausgelaufen. Der Kapitän klingelte nach dem Steward. »Setzen Sie sich …«

Petersen merkte, dass bei dem jungen Mann noch Widerstand aufflackerte, der aber immer schwächer wurde. Und als Vriens dann auf der Koje saß, seufzte er vor Müdigkeit auf.

Der Steward klopfte. Er steckte bereits in einem frischen Jackett und hatte noch die Spuren des feuchten Kamms im Haar.

»Sagen Sie dem Ersten Offizier, er soll um Gottes willen diesen Krull herbeischaffen!« Die Tür ging wieder zu, und Petersen wandte sich an Vriens. »Jetzt ist es aus, was? Er hat selbst gemerkt, dass er in die Enge getrieben war … Ich nehme an, er wollte die Polarlys in Tromsø verlassen, wo wir durch einen Zufall nicht angelegt haben. Seine Schwester hat das begriffen …« Er streckte Vriens den Tabaksbeutel hin.

»Ich habe keine Pfeife«, sagte Vriens automatisch. »Ich rauche nur Zigaretten.«

Durch das Bullauge fiel kaltes Licht, das die Erschöpfung in seinem Gesicht noch mehr hervorhob.

»Sie können jetzt frei sprechen, Vriens! Ich weiß, dass Sie niemand umgebracht haben … Und dass Sie ebenso wenig Evjens wie Schuttringers Geld gestohlen haben. Und doch bin ich gezwungen, Sie im nächsten Hafen der Polizei zu übergeben, wenn Sie mir keine Erklärung liefern. Der Mörder hat sich bis zum Schluss zur Wehr gesetzt, und wie die Dinge jetzt stehen, ist er geliefert … Er wird gleich hier hereingebracht werden.« Er hatte sich dem jungen Mann gegenüber gesetzt, und aus seiner Pfeife stieg feiner Rauch. »Haben Sie Katia Storm in Hamburg kennengelernt? Vorher haben Sie sie doch nicht gekannt, oder?«

»Und sie, wird sie auch festgenommen? Sagen Sie doch! Ist es vielleicht ein Verbrechen, seinen Bruder retten zu wollen?«

Sie wurden beide das Bild der jungen Frau nicht los, die da vorhin auf der Bank gelegen und nicht nur jede Koketterie verloren hatte, sondern auch alles Weibliche; die offensichtlich psychisch am Ende war.

»Ich liebe sie!«, erklärte Vriens, und seine Augenlider flatterten.

»War das im Kristall?«

»Nein ... Ich war gerade aus dem Zug gestiegen, und es war schon spät. Da ich mich nicht auskannte, schon gar nicht im Hafen, bin ich in ein Hotel gegangen. Ich hab sie aber nicht gleich gesehen. Der Nachtportier war Holländer; er hat mich zuerst ausgefragt wegen des Anmeldezettels und hinterher nur so, aus Neugier. Wir haben uns ein wenig unterhalten. Ich habe ihm erzählt, dass ich als Dritter Offizier auf einem Schiff antreten muss ... Und erst ganz zum Schluss habe ich sie gesehen. Sie hatte die ganze Zeit in der Halle gesessen und zugehört. Dann hat sie mich um Feuer gebeten ...« Vriens schwieg und machte eine unbestimmte Handbewegung. »Sie können das nicht verstehen ...«

Der Kapitän lächelte; jetzt lag Zuneigung in seinem Blick. »Sie haben Bekanntschaft geschlossen. Und Sie sind zusammen ausgegangen ...«

»Sie ist nicht wie andere Frauen. Ich weiß nicht, wie ich es ausdrücken soll ...«

Petersen konnte ihn so gut verstehen: Gerade aus der Seefahrtschule entlassen, und sofort im Schlepptau einer Frau wie Katia! Wer hätte da nicht den Kopf verloren?

»Und was wollte sie von Ihnen?«

»Zuerst wollte sie, dass ich ihrem Bruder meine Stelle abtrete, und der wäre dann mit meinen Papieren an Bord gekommen ... Sie hat zugegeben, dass es in Paris ein Unglück gegeben hatte, dass ihr Bruder drogenabhängig ist ... Das Übrige wissen Sie: Ein junges Mädchen ist beim gemeinsamen Trip einer Gruppe umgekommen. Und jetzt war er auf der Flucht – zuerst Brüssel, wo ein Freund ihnen Geld gegeben hat. Dann Hamburg ... Aber das konnte ich nicht machen, meine Stelle abgeben, nicht wahr? Ich wäre beinah davongelaufen. Ich wollte sie nicht wiedersehen, um nicht in Versuchung zu geraten, ihr doch noch ...«

»Und da ist sie als Passagier an Bord gekommen?«

»Ja. Ihren Bruder hatte ich nicht kennengelernt. Aber ich hab mir gleich gedacht, dass er auch mit auf dem Schiff ist ... Und als Ericksen verschwunden ist, war ich sicher, dass *er* es war ...«

»Aber Katia hat Sie eines Besseren belehrt.«

»Sie hat mir gestanden, dass das Ganze ein Trick war, den ihr Bruder sich ausgedacht hatte, ein Mittel, um den Verdacht auf einen nicht vorhandenen Passagier zu lenken für den Fall, dass im letzten Moment aus Paris eine Anzeige kommen sollte. Ein Freund von ihm ist am Morgen an Bord gekommen, in einem grauen Mantel, hat unter dem Namen Ericksen eine Überfahrt nach Stavanger gebucht und ein wenig Gepäck in der Kabine abgestellt. Dann ist er wieder verschwunden.«

»Und Sternberg?«

Vriens hatte jetzt den Kopf in die Hände gestützt. »Ich weiß nicht. Sie wollte es selbst nicht glauben, dass ihr Bruder ihn umgebracht hatte. Ich soll was unternehmen, hat sie mich angefleht, damit man denkt, Ericksen sei ins Wasser gesprungen ... Verstehen Sie? Damit an Bord nicht weiter ermittelt wird ... Die Sache mit dem Kohlensack, das habe ich zu verantworten. Ich wollte mit ihr fliehen ... Ach so, das hab ich noch nicht gesagt, dass sie nur nach Kirkenes wollten, um nach Russland rüber zu gehen ... Sie sprechen beide Russisch, weil ihre Mutter aus Leningrad stammt. Die Grenze ist dort oben weniger scharf bewacht als anderswo, und es besteht kein Auslieferungsabkommen mit den Sowjets.«

Petersen brauchte ihn nicht weiter auszufragen. Er hatte jetzt selbst das Bedürfnis, sich mitzuteilen.

»Sogar jetzt weiß ich noch nicht, was ich am liebsten tun würde. Ich schwöre Ihnen, Kapitän ... Das ist etwas, was Sie nicht verstehen können: Es hat Augenblicke gegeben, wo ich, glaube ich, fähig gewesen wäre, Sie umzubringen, weil ich merkte, dass Sie es zum Schluss rauskriegen würden ...«

»Hat sie Ihnen nie gesagt, wer ihr Bruder ist?«

»Nein! Aber nicht, weil sie mir nicht getraut hat. Von ihr aus gesehen, war es Rücksichtnahme ... Ich hab angefangen, sie alle zu belauern: Evjen, Schuttringer und vor allem Peter Krull, der sich oft an Bord herumgetrieben hat ... Ich wusste, sie haben alle beide kein Geld mehr. Und als dann dieser Diebstahl passierte, da hab ich begriffen ... Ich hatte mir ohnehin schon gedacht, dass das nicht bis Kirkenes so weitergehen konnte ... Und das ist ihnen auch klargeworden. Katia hat mir gestanden, dass ihr Bruder versuchen wollte, in Svolvaer oder in Tromsø zu fliehen, allein. Und deshalb musste wegen des Diebstahls der Verdacht auf jemand anders gelenkt werden: Auf mich.«

Petersen hatte ihn die ganze Zeit nicht unterbrochen.

»Ich muss zu ihr, Kapitän!« Vriens war nervös aufgestanden. »Ich schwöre Ihnen beim Andenken meiner Mutter: *Sie* ist unschuldig! Sie hat nur versucht, ihren Bruder zu retten, verstehen Sie? Nehmen Sie die Sache mit ihrem Geburtstag ... Das war gar nicht wahr. Sie hat sich Sorgen gemacht, weil sie gerade erfahren hatte, dass der Selbstmord von Ericksen, vielleicht sogar dessen Existenz in Zweifel gezogen wurde! Und da hat sie ein Ablenkungsmanöver geplant ... Und keiner hat richtig mitgemacht! Schrecklich war das.«

Petersen nickte nachdenklich. Dann sagte er: »Wenn Ihre Mutter tot ist, dann hat Ihr Vater niemand mehr außer Ihnen. Überlegen Sie das doch mal ... Ich habe sein Foto gesehen, bei Ihren Sachen ...« Er sprach nicht zu Ende und führte den Jungen zur Tür. »Vielleicht sollten Sie sich lieber schlafen legen, während wir die Sache jetzt zu Ende bringen.«

»Nein! Das möchte ich nicht ...«

»Na schön. Aber dann versprechen Sie mir, sich wie ein Mann zu verhalten! Sie tragen eine Uniform. Und letzte Nacht ...«

»Letzte Nacht ...?«

»Nun ja ... Ich war zufrieden mit Ihnen. Sie haben Ihrer Schule Ehre gemacht ...«

Vriens wandte den Kopf, weil er versuchte, das Lächeln

zu verbergen, das ihm unwillkürlich auf die Lippen getreten war.

»Und das muss jetzt so weitergehen. Also kommen Sie!« Petersen hatte vorhin das Gefühl gehabt, jemand stehe an der Tür und lausche. Aber als er jetzt öffnete, sah er nur Schuttringer am anderen Ende des Korridors. Und man sah ihn nur von hinten, weil er hartnäckig in die andere Richtung schaute.

Als der Kapitän mit Vriens auf Deck kam, hörten sie jemand laut rufen: »Da ... Das Rettungsboot! Da ist er drin!«

Der Erste Offizier kam vorbeigerannt, und die anderen sahen ihm nach, wie er auf die Brücke lief und um den Schornstein herumging.

Von den vier Rettungsbooten waren nur noch drei übrig. Und als der Erste stehenblieb, hob sich die geteerte Persenning des einen Boots, und der Kohlentrimmer tauchte auf.

»Schon gut«, sagte Krull.

Petersen sah Vriens an, dessen Nasenflügel sich zusammengezogen hatten.

»Kommen Sie runter!«, befahl der Erste verblüfft. »Nehmen Sie die Hände aus den Taschen!«

Von unten sah es so aus, als ob Krull hämisch grinste. »Sind wir noch nicht in Hammerfest?«, fragte er.

Er erhielt keine Antwort.

Der Steward streckte schüchtern den Kopf durch die Tür.

»Ist der Inspektor noch nicht auf?«, fragte Petersen.

»Er ist gerade aus seiner Kabine gekommen. Er wollte was zu trinken.«

Tatsächlich tauchte Jennings kurz danach auf. »Endlich, Kapitän!«, rief er, »ich hab's rausgekotzt!« Es klang wie ein Triumphschrei. Er strahlte, obwohl er offensichtlich noch schwach auf den Beinen war. Dann sah er Krull, der gerade den Niedergang herunterkam, gefolgt von einem Offizier und einem Matrosen. »Ach – ist er wieder aufgetaucht? Was sollen wir ...« Er wagte nicht zu sagen: Was sollen wir jetzt mit ihm anfangen? Aber er sah Petersen einigermaßen verwirrt an.

Der Kohlentrimmer war der Einzige, der ein Lächeln aufgesetzt hatte. Allen anderen standen nur Müdigkeit und völlige Erschöpfung im Gesicht; die Augenlider waren gerötet, die Lippen weiß. Niemand hatte sich rasiert.

Als Krull am Rauchsalon vorüberkam, öffnete sich die Tür, und es tauchte eine zerknitterte Katia auf.

Das Licht kam nicht vom Himmel, sondern von einer schneebedeckten Bergflanke, an der sie dicht vorüberfuhren. Es war ein fahler trostloser Tag.

Katia sah Krull wie blöde an und schaute sich dann nach Vriens um, der den Kopf abwandte.

»In den Rauchsalon!«, murmelte Petersen nach kurzem Zögern.

Krull gehorchte bereitwillig; sie brauchten ihn nicht hineinzustoßen. Er fuhr sich mit der Hand durch das wirre Haar und befühlte seinen Bart, der inzwischen ein paar Zentimeter lang geworden war.

»Übernehmen Sie die Wache«, wandte Petersen sich an den Ersten Offizier. Der nickte nur und verschwand in Richtung Brücke. Petersen wies Vriens und den Inspektor hinter sich in den Rauchsalon und schloss die Tür.

Einen Moment waren sie sich unschlüssig, wer die Verhandlung führen sollte. Petersen und Jennings sahen sich an.

Katia hatte sich in die hinterste Ecke des Raums zurückgezogen, und dann hing sie plötzlich an einem der Bullaugen und sah gespannt hinaus.

»Rudolf Silberman, Sie sind festgenommen«, sagte Jennings. Es klang ein wenig unsicher. Der Trimmer grinste immer noch.

Im gleichen Augenblick stieß Katia einen erstickten Schrei aus.

»Kapitän!«, rief Vriens, der zu einem der Bullaugen gestürzt war. Dann waren von draußen eilige Schritte zu hören. Ein Matrose rannte aufs Promenadendeck.

Petersen bekam von alledem fast nichts mit. Dass da eine menschliche Gestalt war, die über die Reling stieg und verschwand, das hatte er mehr erraten als tatsächlich wahrgenommen. Er stieß die Tür auf, beugte sich über die Reling und sah einen kahlgeschorenen Schädel dreimal aus der Gischt auftauchen; das dritte Mal schon fast am Heck. »Stopp!«, schrie er zur Brücke hinauf. »Volle Kraft zurück!«

Der Offizier oben hatte jedoch nicht verstanden; er legte die Hände trichterförmig an den Mund und bat, das Kommando zu wiederholen.

»So lassen Sie ihn doch!«, kam Krulls Stimme von irgendwo her.

»Stopp!«

Das Schiff wurde so abrupt abgestoppt, dass man das

Gefühl hatte, der Bug müsse sich heben. Als sie dann aber mit dem Fernglas das Kielwasser der Polarlys absuchten, war außer strudelndem Schaum nichts auszumachen.

Es war alles derart schnell gegangen, dass keiner den gesamten Vorgang mitbekommen hatte. Alle sahen sich fassungslos an.

Evjen tauchte auf; frisch rasiert, mit tadelloser Bügelfalte und blankgewichsten Schuhen. »Was ist los? Warum habt ihr das Schiff gestoppt?«

Der Wachhabende auf der Brücke lehnte an der Reling und wartete auf weitere Befehle.

»Vorwärts!«, schrie Petersen schließlich nach oben. »Volle Kraft voraus!«

Katia war nicht ohnmächtig geworden, aber sie starrte wie von Sinnen auf das Wasser, das jetzt wieder plätschernd am Schiffsrumpf entlangglitt.

»Führen Sie sie weg, Vriens … Aber keine Dummheiten, ja?«

Dabei hatte so viel Wärme in Petersens Blick gelegen, dass der junge Mann nach einem Wort des Dankes suchte. Da ihm aber nichts einfiel, begnügte er sich damit, dem Kapitän fest in die Augen zu schauen.

Der Kapitän riss seine Ziegenfelljacke herunter. Er war trotz der siebzehn Grad unter Null schweißgebadet. »Kommen Sie mit rein, Evjen … Machen Sie die Tür zu.«

Sie standen jetzt zu viert im Salon, in dem immer noch die eine Lampe brannte. Krull machte als Erster den Mund auf.

»Ist der Groschen gefallen?«, fragte er bissig.

»Silberman ...«, begann Jennings naiv.

»Haben Sie ihn nicht ins Wasser springen sehen? Ich war die Sache jetzt einfach leid. Und wenn Sie wissen wollen, was wirklich los war ...«

»Ruhe!«, unterbrach ihn Petersen. »Sie haben doch gesagt«, wandte er sich mit Nachdruck an Krull, »dass Sie Rechtsanwalt waren ...«

»Früher mal, ja. Und was dann kommt, das können Sie auch meinem Strafregister entnehmen. Ich hab ein paar Dummheiten gemacht ... Aber Sie müssen zugeben, dass ich nicht versucht habe, mich als Heiligen auszugeben ... Da war jedenfalls was mit Betrug und mit Kokain. Das war der Anfang der schiefen Bahn, und schließlich bin ich ganz versackt. Gefängnis in Mannheim und in Köln ... Wenn man mal unten an einem bestimmten Punkt angekommen ist, dann ist Sense, ja? Dann schafft man's nicht mehr ... Und dann lohnt sich's auch nicht mehr. Ach, das können Sie doch nicht verstehen. – Also, kurz und gut: Ich bin nicht Silberman. Ich bin wirklich Krull. Ich hab auf der Polarlys nur angeheuert, weil ich keinen Pfennig mehr hatte. Also alles ganz normal«, erklärte Krull weiter. »Und dass hier interessante Dinge passieren, das hab ich erst an Bord begriffen – sogar erst nach dem Mord an Sternberg ... Ich hab da eine französische Zeitung entdeckt, da stand was von einem Rauschgiftskandal. Und während Sie sich den Kopf zerbrochen haben, Kapitän, habe ich sofort kapiert, woher der Wind weht. Weil Sie gleich Bescheid wissen, wenn Sie das Zeug selber brauchen ... Haben Sie sich den Schuttringer denn nie richtig angesehen? Schon allein dieses Zucken im Mundwinkel ... Und wenn er sich auch den Schädel kahlgeschoren und 'ne Brille aufgesetzt hat, mit der er nichts sehen konnte ...«

Die drei anderen sahen erstaunt zu, wie Krull den Kiefer vorschob und ein krampfhaftes Zucken produzierte.

»Tja, was Verräterischeres gibt's nicht als dieses Zucken ... Und da ich seit gut drei Wochen kein Kokain mehr gesehen hatte, bin ich mal zu ihm hin und hab ihm gut zugeredet ... Er hatte leider nur noch zwölf Briefchen zu einem Gramm – zwei hab ich ihm zum Schluss noch gelassen ... Was sehen Sie mich so an! Sie haben's wohl noch nicht begriffen? Ich hab ihn schlicht erpresst – das ist die Sprache, die jeder in der Szene versteht! Er hat sofort kapiert, was ich wollte, als ich den Namen Marie Baron erwähnt hatte ... *So* hätten Sie mit ihm reden müssen, Kapitän, dann wären Sie weitergekommen ...« Er lächelte verächtlich. »Sie haben doch auch diese komischen Turnübungen beobachtet und das sonstige Theater ... Schon allein das war für mich der Beweis, dass er sich versteckte! Weil ein Typ, der ›Schnee‹ nimmt, sich niemals so aufführt. Das war alles Krampf; er wollte als das Gegenteil von dem erscheinen, was er war – wie jeder, der sich verbirgt! – Na, und nach und nach hab ich mir alles zusammengereimt. Erst mal, dass er der Bruder der jungen Dame war – die ist nicht ganz so süchtig wie er, aber immerhin ... Und dann, dass er kopflos und wie von Sinnen war, weil er seinen Onkel umgelegt hatte ... Jawohl! Wie von Sinnen! Starr vor Entsetzen! Praktisch zu allem fähig, nur um seine Haut zu retten.«

Es war keinem der anderen eingefallen, ihn zu unterbrechen. Sie sahen ihn irgendwie peinlich berührt an. Vor allem Evjen, dessen überaus gepflegte Erscheinung in krassem Widerspruch zu Krulls schäbigen Äußeren stand.

»Und dann haben die beiden sich an den jungen Offizier gehalten«, fuhr Krull fort. »Sie haben ihn benutzt, um den Verdacht auf ihn zu lenken ... Wie auch bei der Sache mit dem Kohlensack. – Wissen Sie, dieser Silberman war alles andere als dumm. Er hat nur einen einzigen Fehler gemacht: Er wollte seinen gesellschaftlichen Status nicht aufgeben ... Wenn er auf irgendeinem Pott als Heizer angeheuert hätte, könnte er jetzt schon auf dem Weg nach Südamerika sein, und kein Aas würde sich um ihn kümmern. Aber so was geht nicht von heut auf morgen – das muss man lernen, dazu muss man langsam immer tiefer rutschen ... Schon allein, bis man sich dran gewöhnt hat, im dreckigen Hemd und ohne Schlips rumzulaufen ... Jedenfalls war er intelligent, hab ich gesagt. Nehmen Sie bloß den Trick mit dem Freund, der als Passagier an Deck gekommen und sofort wieder verschwunden ist – so was muss einem erst mal einfallen! Wenn nun Sternberg, der Onkel, nicht Wind gekriegt hätte und an Bord gekommen wäre ... Der Verdacht wäre sofort auf ›Ericksen‹ gefallen, den es ja nie gegeben hatte – selbst wenn sich schon in Stavanger oder in Bergen herausgestellt hätte, dass ein gewisser Silberman in Hamburg an Bord gekommen war. Und man hätte die anderen Passagiere in Ruhe gelassen ... Einer, der sich so was ausdenkt, muss was auf dem Kasten haben! Aber dann ... Die Nerven wahrscheinlich. – Komische Mischung aus Schiss und Kaltblütigkeit! Zum Beispiel hat er es fertiggebracht, in Paris alle Spuren zu verwischen, als er gesehen hat, dass die Kleine tot war. Er hat eiskalt kalkuliert, dass die Polizei ein paar Tage brauchen würde, um mit seinem Freund Feinstein, dem Maler, Verbindung aufzunehmen. Hinterher hat er offenbar in Brüssel Station gemacht, weil er kein Geld mehr hatte. Er hat gerade so viel aufgetrieben, um nach Hamburg weiterzukommen; da hat er wohl seinen Onkel angepumpt. Aber das alles hatte Zeit gekostet ... Allein die falschen Pässe aufzutreiben, wenn man sich nicht auskennt ... Und von einem Moment zum anderen konnte ein Telegramm aus Paris eintreffen! Eine ganze Woche war schon draufgegangen – das hat ihm gewaltig zugesetzt. Und als er dann gesehen hat, dass sein Onkel án Bord gekommen war, da sind ihm die Nerven durchgegangen, da hat er die Dummheit gemacht ... Wenn Sie mich fragen, hatte sich der Onkel nämlich alles aus dem Zeitungsartikel zusammengereimt und war gekommen, um den Neffen irgendwie rauszuhauen und gleichzeitig zu vermeiden, dass er selbst dadurch in ein schiefes Licht geriet ... Die Nerven, wie gesagt. Vielleicht auch das Kokain; in solchen Fällen erhöht man die Dosis ... Und ich hab ihm ganz sachte seinen Stoff abgehandelt. Er ist von Mal zu Mal immer nervöser geworden; er hat vor allem Angst bekommen, als die Sache mit dem Kohlensack rausgekommen war. Und er brauchte Geld! So hat er sich's geklaut und war so clever, zu behaupten, er sei selbst bestohlen worden. Wo er doch völlig blank war!«

Er lachte auf.

»Sein Plan war, um jeden Preis nach Kirkenes zu kommen und bis dahin den Verdacht von sich abzulenken. Dabei hat er vor allem auf den Jungen gezählt, der sich in seine Schwester verguckt hatte ... In Svolvaer dann hat er von dem Telegramm an den Inspektor erfahren, und seine Angst ist in Panik umgeschlagen ... Er ist mit einem neuen Plan zu mir gekommen: In Tromsø von Bord zu gehen. Aber dazu musste er die Möglichkeit haben, an Land gelassen zu werden. Und Sie, Kapitän, schienen von der Schuld Ihres Dritten Offiziers nicht sonderlich überzeugt zu sein. Blieben also nur er selbst oder ich, die als Silberman in Frage kamen ... Er hat mir daher tausend Kronen geboten, wenn ich vierundzwanzig Stunden lang den Verdacht auf mich lenke. Übrigens, da sind sie, Ihre tausend Kronen ...«

Er legte sie auf den Tisch.

»Und ich habe angenommen. Was riskierte ich schon? Ein bisschen Knast? Ich hab grade zwanzig Monate gesessen, und viel schlimmer als der Kohlenbunker ist das auch nicht. Ich hab die Goldmünzen in meiner Koje versteckt und mich in eines der Rettungsboote verkrochen ... Und wenn die Polarlys in Tromsø angelegt hätte, dann wäre die Sache für Schuttringer ausgestanden gewesen! Man hätte mich verhaftet, zum Schluss aber hätte man doch einsehen müssen, dass ich nicht Silberman bin ... Und *er* hätte inzwischen mit dem restlichen gestohlenen Geld das Festland erreichen und sich in irgendeinen ruhigen Winkel verziehen können. Von Narvik aus gehen ja täglich Schiffe ab ... Als ich gemerkt habe, dass wir in Tromsø gar nicht festgemacht haben, wäre ich am liebsten wieder rausgekommen aus meinem Versteck. Aber dann hab ich gedacht, lass ihm halt seine Chance bis zum Schluss ...«

»Unerhört«, stieß Evjen zwischen den Zähnen hervor. Er hatte dieses merkwürdige Exemplar der menschlichen Gattung mit immer größerer Verwunderung gemustert.

»Da dran ist überhaupt nichts unerhört«, gab Krull zurück. »Oder vielmehr, das ist nur für solche wie Sie unerhört. Für Leute, die Frau und Kind, aber kein Laster haben … Geben Sie mir nur zwei Monate Zeit, und ich bringe Sie dahin, dass Sie wegen ein paar Gramm Stoff Himmel und Hölle in Bewegung setzen! Der Mann hat einfach Pech gehabt, beziehungsweise er hat's übertrieben. Weil das nun mal nicht geht, dass man bei einem jungen Mädchen gleich mit Morphium rangeht … Und hinterher? Da hat ihm schlicht die Angst im Nacken gesessen. Und aus Angst ist man zu Gott weiß was fähig …« Er zuckte die Achseln und sah durch eines der Bullaugen. »Jetzt hat er seine Ruhe!«, schloss er. »Soll ich jetzt Kohlen schippen gehen, Kapitän?«

12

Else Silberman

Für den Rest des Tages war die Stimmung gedrückt. Schon allein die Landschaft hätte einen gemütskrank machen können. Das Schiff folgte engen Fahrrinnen, die sich wie Maulwurfsgänge zwischen Inseln und Schären hinzogen.

Der Himmel war so niedrig, dass man das Gefühl hatte, unter einem hermetisch abschließenden Deckel zu stecken. Weiße Berge; das Wasser je nach Lichteinfall grau oder schwarz. Manchmal stand weit weg am Strand ein einsames Haus, sah man eine Art Pfahlbau, und davor ein kleines Boot, das in einer Bucht vor Anker lag.

Peter Krull war an seinen Arbeitsplatz zurückgegangen, nachdem er sich mit einem ironischen Gruß von seinen Zuhörern verabschiedet hatte.

Gegen zehn hatten sie unter dem besorgten Blick des Stewards zu dritt im Speisesaal Platz genommen: Petersen, Jennings und Evjen. Der Inspektor hatte sich durch Zufall auf Schuttringers Platz gesetzt; die beiden anderen hatten sich mehrmals instinktiv abgewandt.

»Ein Verrückter!«, brummte Evjen plötzlich. »Ich möchte nur wissen, wie er eine solche Dosis verkraften konnte …«

Die fünf Morphiumampullen, die in der Kabine des Lappen entwendet worden waren, waren nämlich bei Schuttringer wieder aufgefunden worden – leer. Schuttringer hatte den Inhalt offenbar verschluckt, bevor er über Bord gesprungen war, denn die Spritze war verschwunden geblieben.

»Was machen Sie mit seiner Schwester?«, wandte Evjen sich dem Inspektor zu.

»Ich weiß nicht … Ich muss meine Vorgesetzten telegrafisch informieren. Im Grunde haben wir es ja mit zwei Delikten zu tun: Mit dem Verbrechen in der Rue Delambre, das die französische Polizei betrifft, und dem Mord an Sternberg, der nur uns angeht, da er in internationalem Gewässer an Bord eines norwegischen Schiffes stattgefunden hat … Und im einen wie im anderen Fall ist die Mittäterschaft von Katia Storm keineswegs erwiesen.«

Petersen aß schweigend; er entwickelte einen Appetit, den der Steward erstaunlich fand.

Der restliche Tag verlief ohne Zwischenfall. Evjen hatte sich im Rauchsalon auf seinem angestammten Platz niedergelassen, breitete Dokumente vor sich aus und versah sie mit Anmerkungen. »Natürlich erwarten wir Sie in Kirkenes wie üblich zum Abendessen«, sagte er zu Petersen, als der mal hereinschaute. »Meine Frau wird sich freuen … Übrigens, der Inspektor ist doch schlauer, als ich ihm zugetraut hatte: Er hat in einem von Krulls Schuhen noch einmal viertausend Kronen gefunden … Krull hat nämlich nur ein Fünftel des Betrages zugegeben, den er wirklich bekommen hatte.«

Am Nachmittag gab es doch noch einiges Hin und Her – besonders zwischen drei und sieben Uhr, als Jennings, der endlich seine Seekrankheit los war, in seiner Koje lag und schlief.

Vriens verließ mehrmals Katias Kabine, in der er sich fast dauernd aufgehalten hatte, und klopfte an die Tür der Kapitänskajüte.

Beim dritten Mal sagte Petersen zu ihm: »Was Sie da kürzlich von Abmustern gesagt haben, das erhalten Sie doch wohl nicht aufrecht?«

Der junge Mann schüttelte nur den Kopf.

»In diesem Fall will ich Ihnen einen Vorschuss auf Ihre Heuer für die ersten drei Monate geben ... Bei vierhundert Kronen monatlich macht das tausendzweihundert Kronen ...«

»Aber das ist ja der ganze Betrag, der ...«

»Gehen Sie!«

Um sechs klingelte Petersen nach dem Steward. »Was ist mit dem Inspektor?«

»Er schläft noch. Er hat mich gebeten, ihn zu wecken, wenn wir nach Hammerfest kommen. Ich glaube, es ist Zeit, dass ich ...«

»Ja, aber zuerst servieren Sie mir noch mein Abendessen, hier in meiner Kajüte. Bevor wir am Kai festgemacht haben, gibt's ohnehin nichts zu tun.«

Sie fuhren wieder durch die Nacht. Das Meer war kaum bewegt.

Das Anlegen erfolgte ungewöhnlich sanft und ohne einen Stoß.

Petersen wartete noch, bis die Trossen an den Pollern vertäut waren; dann ging er nach einem Blick in den Korridor rasch in seine Kajüte und setzte sich zum Essen. Nicht, dass er nun besonders viel verzehrt hätte, aber er aß mit ungewöhnlicher Hingabe. Er verlangte sogar Wein, was sonst nie vorkam, und der Steward verlor fast eine Viertelstunde mit der Suche nach dem Schlüssel zum Spirituosenschrank. Und zum Schluss stellte sich heraus, dass der Kapitän den Schlüssel selbst in der Tasche hatte. »Tut mir leid«, sagte Petersen. Und: »Ist eigentlich kein Obst da?«

Die Schauerleute löschten die Ladung und verluden neue Fracht.

Petersen zog schließlich die Uhr aus der Tasche. »Hat Jennings Sie nicht gebeten, ihn zu wecken?«, fragte er den Steward.

»Ja. Ich muss jetzt gleich zu ihm!«

Von der Stadt sah man nur ein paar Holzhäuser, die bis auf halbe Fensterhöhe im Schnee steckten.

Petersen aß immer noch. Durch die halb geöffnete Kabinentür sah er Vriens, der von draußen kam und einen Schwall eisiger Luft mitbrachte.

Im gleichen Moment erschien ein völlig verschlafener Jennings. »War ich fertig!«, sagte er mit teigiger Stimme. »Ich glaube, ich hätte rund um die Uhr schlafen können ... Wo sind wir?«

»In Hammerfest.«

»Schon lange?«

»Gut zwanzig Minuten.«

»Es ist doch niemand von Bord?«

»Keine Ahnung ... Ich hatte solchen Hunger, dass ich mir hier das Essen servieren ließ.«

Der Inspektor ging hinaus, und man hörte ihn hin und her laufen. Nach wenigen Minuten war er wieder zurück. »Kapitän, hören Sie ... Die junge Frau, diese Katia Storm, ist nicht aufzufinden!«

»Ach ... Tatsächlich?«

»Ich mache mir wirklich Gedanken ... Womöglich ist sie über Bord gesprungen wie ihr Bruder – zuzutrauen wäre es ihr ... Ich glaube, ich sollte ein Telegramm nach Stavanger schicken.«

Zehn Uhr? Elf Uhr?

Wenn man oben auf der Brücke bei achtzehn, bei zwanzig Grad unter Null Wache geht, dann schwindet das Zeitgefühl.

Sie lehnten zu dritt an der Wand des Kartenhauses, Petersen in der Mitte. Rechts von ihm der Lotse, ein Pelzklumpen, und links Vriens, reglos, ein wenig zu steif.

Ob Zufall oder nicht ... Die Hand des Dritten Offiziers berührte die des Kapitäns, zauderte und setzte endlich zu einem Händedruck an.

»Ist sie weg?«, murmelte Petersen durch seinen Mundschutz hindurch.

»Sie hat einen Schlitten und einen Lappen mit zwei Rentieren gefunden. Aber sie muss ja noch über die ganzen Berge ...«, sagte Vriens leise, und in seiner Stimme schwang Sehnsucht mit, aber auch unterdrückte Angst.

»Hat sie nicht versucht, Sie zu ...«

»Nein. Sie hat mir verboten, ihr nachzufahren.«

Dann schwiegen sie wieder – eine Viertelstunde, oder eine Stunde ... Sie konzentrierten sich auf die Lichter der Baken.

»Honningsvaag«, sagte eine Stimme. Es war der erste Hafen im Eismeer.

Der Lotse ging kurz ins Kartenhaus, um sich im Windschutz eine Pfeife anzuzünden.

»Wissen Sie«, wandte Vriens sich an den Kapitän, und

er redete sehr schnell: »Sie hat mir alles gesagt. Sie hatten kein Geld mehr. Sie haben sich nicht getraut, ihrem Vater zu telegrafieren, der in Berlin lebt. Sie mussten erst nach Brüssel, dort haben sie einen Freund. Und in Hamburg haben sie alle möglichen Bekannten abgeklappert – vergebens. Zum Schluss ist Silberman in seiner Verzweiflung zu seinem Onkel Sternberg gegangen, und dem hat er ein Märchen aufgetischt … *Das* ist ihm dann zum Verhängnis geworden. Der Onkel muss kurz danach aus einer Pariser Zeitung erfahren haben, was los war … Er hat selbst eine Tochter von fünfzehn, und Katia … ich meine Else, so heißt sie wirklich, hatte die Kleine sehr gern.«

Die Positionslichter warfen von den Seiten her ihr rotes und grünes Licht auf die Männer – die Lichtanlage war repariert. Drinnen sah man das vornübergeneigte Gesicht des Lotsen unter der Pelzmütze. Ein Streichholz flammte auf.

»Else Silberman«, wiederholte Vriens. »Die Eltern ihrer Mutter«, fügte er leiser hinzu, »wohnen in der Nähe von Archangelsk … Sie will versuchen, sich dorthin durchzuschlagen.« Er zog ein goldenes Zigarettenetui hervor, das Petersen erkannte, und steckte sich eine Zigarette an. »Mit neunhundert Kronen … Verstehen Sie, was das bedeutet? Wenn sie überhaupt noch leben, wissen sie gar nicht, dass Else existiert … Ihr Vater ist wiederverheiratet, mit einer Schauspielerin.«

Sie lehnten Schulter an Schulter an der kalten glatten Wand.

Der Lotse war mit schwerem Schritt zurückgekommen. »Die Sirene«, sagte er knapp.

Diesmal streckte der Kapitän die Hand aus und zog dreimal am Griff der Sirene, um die Polarlys in Honningsvaag anzukündigen.

Sie konnten schon die Pier sehen, wo man bereits Schlitten voller Kabeljau zur Anlegestelle brachte.

Der Kapitän warf Vriens einen Blick zu: Sein Profil zeichnete sich gegen das grüne Licht ab, und die Unterlippe wölbte sich hoch.

Für Petersen blendeten mit einem Mal mehrere Bilder in- und übereinander: Zwei schlanke, nervös auf- und abwippende Beine in straff sitzenden schwarzen Seidenstrümpfen, die seine Blicke angezogen hatten, ein dunkles Strumpfband auf milchiger Haut ... Das vergrößerte Foto seiner Frau an der Wand seiner Kajüte, und darunter das kleine Schwarzweißfoto, der Schnappschuss von den Kindern ... Das Bild aus Delfzijl, das Schulschiff, die Kadetten mit weißen Handschuhen, und ein paar von den jüngeren in der Takelage ... Und schließlich Vriens senior, im Tropenanzug neben einem Louis-XVI-Tisch ...

»Das alles geht uns nichts mehr an, mein Freund«, sagte er unvermittelt – eine verspätete Antwort.

Aber da drängten noch andere Bilder nach, und die konnte man nicht so ohne Weiteres beiseiteschieben: Schuttringer bei seinen Turnübungen an Deck ... Der Anblick des scheußlichen Gemetzels in der Kabine von Sternberg ...

Petersen stellte sich vor, wie Schuttringer alias Silberman das Morphium gestohlen, es hinuntergeschluckt und mit wirrem Blick den Moment abgepasst hatte, in dem der Korridor leer war. Raus an Deck. Ein Sprung ... Er stellte sich auch Peter Krull vor, der in der Jakobstraße ein Haus besessen hatte und jetzt Stunde um Stunde in einem schwarzen Loch schwarze Kohle schaufelte.

»Vriens«, wandte er sich an den Dritten, »jetzt sind Sie ein Mann …«

Er wollte das traurige, ein wenig gezwungene Lächeln von Vriens gar nicht sehen, auch nicht seinen Blick, der über die Berge glitt, die weiß waren wie eine frisch gekalkte Gefängniszelle. Dort irgendwo holperte ein Schlitten Kilometer um Kilometer dahin, in Richtung Finnland und Russland.

Hansjörg Schertenleib

Der Menschenkenner

Das Vorurteil, Georges Simenon sei ein seichter Vielschreiber, der sich dem Massenpublikum an die Brust werfe und daher ohne literarische Qualität sei, hielt mich offen gestanden lange davon ab, seine Romane zu lesen. Wie kann ein Autor literarisch etwas taugen, der mehr als 150 Erzählungen, 75 Romane mit Kommissar Maigret, 117 Non-Maigret-Romane, die er selbst *romans durs* nannte, sowie unter wechselndem Pseudonym 200 Groschenromane und über 1000 Kurzgeschichten schrieb, darunter unzählige erotische Geschichten, fragte sich auch ein großer Teil der Literaturkritik bis in die siebziger Jahre; ein Autor, der unverschämt produktiv war, millionenfach gelesen wurde und in einem »Zustand der Gnade«, wie er den Akt des Schreibens nannte, nie länger als zwei Wochen an einem Buch arbeitete?

Simenon reagierte mit Verbitterung, Verachtung und trotzigem Spott auf diese Ablehnung und Kränkung. Das Nobelpreiskomitee bezeichnete er 1964 als »diese Idioten, die mir noch immer nicht ihren Preis verliehen haben«. Dass aus Missbilligung seines Werkes längst Bewunderung, ja Verehrung wurde und Georges Simenon von zahlreichen Autoren ebenso geliebt wird wie von Literaturwissenschaftlern, Kritikern und selbstredend einer Leserschaft rund um die Welt, ist so bekannt wie die Tatsache, dass er Belgier und nicht Franzose war, ein rastloser Mensch mit dreiunddreißig unterschiedlichen Wohnsitzen in Belgien, Frankreich, den USA, Kanada und der Schweiz, ein Workaholic, der Pfeife rauchte, unter mangelnder Liebe seiner Mutter litt (weshalb er einen Schriftsteller als »Mann, der seine Mutter nicht mag« bezeichnete und die erschütternde Abrechnung *Brief an meine Mutter* über diese zerrüttete Beziehung schrieb) und mit Tausenden von Frauen schlief.

Bis ich selbst zum süchtigen Simenon-Leser wurde, brauchte es einen Mann, den ich durch ein Fenster der Pension beobachtete, in der ich 1986 für einige Wochen an einem Roman arbeitete. Der Mann – seinen Namen habe ich nie erfahren – las ein Buch, das ihn augenscheinlich beglückte. Er saß auf der Wiese hinter der Pension auf einer Decke, die er wohl aus dem Schrank seines Zimmers genommen hatte, las und lächelte selig, blind für die Welt und ihre Menschen. Sein Lächeln gefiel mir, zugleich irritierte und ärgerte es mich, denn es erfüllte mich mit Neid: Der Mann erlebte ganz offenbar etwas, das ich nicht erlebte, sah etwas, das ich nicht sah, hörte Dinge, für die ich taub war.

Dass Lesen eine Beschäftigung ist, die andere ausschließt, da es in der Einsamkeit oder eher Zweisamkeit mit einem Buch geschieht, wusste ich, schließlich hatte ich es als Kind bei meiner Mutter gesehen und am eigenen Leib erfahren. Sobald sie einen der Romane aufschlug, die sie in der Bibliothek auslieh, existierte die Welt für sie nicht mehr, gab es für sie weder ihre drei Kinder noch ihren Mann noch die Pflichten der Hausfrau der damaligen Zeit. Lesen, das führte mir meine Mutter vor Augen, ist ein Akt, der einen von den anderen trennt, eine asoziale Tätigkeit, mittels derer man sich bewusst ausschließt.

Als der ältere Mann abreiste, stellte er das Buch in die Bibliothek der Pension zurück, und ich holte es natürlich sofort aus dem Regal: Ich musste wissen, was ihn beseelt und der Welt entrückt hatte. Und so las ich an einem heißen Sommertag im Jahr 1986 Georges Simenons 1930 entstandenen und 1932 erstmals auf Französisch publizierten Roman *Der Passagier der Polarlys*. Der kurze Roman hielt mich einen Nachmittag lang von der eigenen Schreibarbeit ab, und machte mich zum Simenon-Leser, Simenon-Verehrer. Erzählt wird von Kapitän Petersen, der das Dampfschiff Polarlys von Hamburg nach Kirkenes in Norwegen führt. Die Polarlys befördert Maschinen, Pökelfleisch und Obst in den Norden, kehrt mit Kabeljau, Robbentran und Bärenfellen zurück und bietet in der ersten Klasse fünfzig Reisenden Platz. Auf der Fahrt, die beschrieben wird, gehen allerdings gerade einmal vier Passagiere an Bord: Katia Storm, eine junge und attraktive Deutsche, Arnold

Schuttringer, ein Ingenieur aus Mannheim, Bell Evjen, ein Bergwerksdirektor aus Kirkenes, der die Reise regelmäßig antritt, und Ernst Ericksen, der seine Kabine zwar bezieht, nach der Abfahrt jedoch spurlos verschwindet.

Die ungute Vorahnung, die Kapitän Petersen schon vor dem Ablegen im nebligen Hamburg bedrängt, wird von Seemännern der »böse Blick« genannt und verheißt Unheil. Das drohende Unglück macht Petersen auch am Niederländer Cornelius Vriens fest, der ihm direkt von der Marineschule als Dritter Offizier zugeteilt worden ist, den er für inkompetent hält und auf den er überdies eifersüchtig ist, versteht er sich doch unverschämt gut mit der schönen Deutschen. Auch im Kohlentrimmer Peter Krull erkennt Petersen ein schlechtes Omen: Krull, eben aus dem Gefängnis entlassen und vom ersten Maschinisten als Ersatz für den erkrankten Heizer engagiert, begegnet dem Kapitän ohne Respekt, fordert dadurch seine Autorität heraus und bereitet ihm Unbehagen. »Es war jene Art von Unbehagen, die einen wegsehen lässt, wenn man in den Augen eines Tieres von angeblich niederer Gattung Intelligenz zu erkennen glaubt.«

Dass die Fahrt tatsächlich unter keinem guten Stern steht, bestätigt sich für Petersen endgültig, als noch im Elbkanal ein Kutter an der Polarlys festmacht, Polizeirat von Sternberg an Bord kommt und ihm befiehlt, den anderen Passagieren als Pelzhändler Wolf vorgestellt zu werden. Wenige Stunden später liegt von Sternberg erschlagen in seiner Kabine.

Dass sich alle handelnden Personen auf einem Schiff befinden, das sie nicht verlassen können, sorgt für die Spannung, die Leser von Agatha Christies *Mord im Orientexpress* kennen. Jeder Passagier und jedes Besatzungsmitglied kommt als Täter in Frage, jedes Detail an Bord erhält Bedeutung. Wie in Georges Simenons Maigret-Romanen – der erste Band mit dem Kommissar ist zwei Jahre vor *Der Passagier der Polarlys* erschienen – geht es um ein Verbrechen, ohne sich jedoch an die Regeln des klassischen Krimis zu halten. Nicht der Fall steht im Mittelpunkt, es ist der Mensch, der Simenon interessiert. Wie ist er zu dem geworden, der er ist? Was treibt ihn dazu, jemanden zu töten? Wieso wird er böse? Was braucht es, damit er Schuld auf sich lädt? Wozu können ihn Leidenschaft und Gier treiben? Und wozu ist er fähig, wenn er sich zurückgesetzt und nicht verstanden fühlt? Zu einem Mord? Zu echter Liebe?

Den engen Schauplatz des Dampfschiffes Polarlys verlässt Simenon mit Hilfe einer französischen Tageszeitung, die in der Kabine des getöteten Polizeirates liegt und in der Petersen über einen Mord in Paris liest: Im Atelier eines Malers ist das Herz einer jungen Frau namens Marie Baron stehen geblieben. Gestorben ist sie an Heroin, das man ihr in den Schenkel gespritzt hat. Wieso hat sich der Polizeirat für die Tote interessiert? Befindet sich ihr Mörder womöglich unter ihnen? In Stavanger wird von Sternbergs Leiche an Land gebracht und Inspektor Jennings geht an Bord der Polarlys, um Ermittlungen aufzunehmen. Das Schiff legt in Bergen und Trondheim an, hinter Svolvaer gerät es in schwere See, der Strom fällt aus und in der plötzlichen Dunkelheit offenbaren sich Zusammenhänge, die bei Lichte betrachtet keinen Sinn ergeben haben …

»Wenn du sicher bist, dass du einen schönen Satz geschrieben hast, streiche ihn«, war Georges Simenons Credo, der, so geht die Legende, ein fertiges Manuskript schüttelte, um die letzten noch verbliebenen Adjektive loszuwerden. Nach eigenen Angaben beschränkte er den Wortschatz seines Schreibens auf 2000 Wörter, überzeugt davon, dass die Hälfte der Franzosen über einen Wortschatz von weniger als 600 Wörtern verfüge. Konsequent vermied er alle ›mots d'auteur‹ und entwickelte die Theorie der ›mots matière‹, jener Wörter, »die das Gewicht der Materie haben, Wörter mit drei Dimensionen wie ein Tisch, ein Haus, ein Glas Wasser«. Simenon schrieb am »Nullpunkt der Literatur«, wie Roland Barthes dieses nackte, unverhüllte Schreiben nannte. Selbstverständlich finden sich dennoch viele »schöne« Sätze in Georges Simenons Romanen, eine Schönheit, die bei seinem bewusst bescheidenen Vokabular und seinem kargen, verknappten Stil nur dem wahren Meister gelingt. Der schlichte, zurückhaltende Tonfall seiner Prosa heischt nie um Aufmerksamkeit und steht ausschließlich im Dienste seiner Geschichten und Figuren. Liebte Simenon seine Figuren? Sein kühler, in jedem Gemütszustand beherrschte und doch vor bewusst im Zaum gehaltener Leidenschaft vibrierende Ton legt nahe, dass er sie nicht liebte, ihnen jedoch mit dem größten Interesse und Respekt begegnete und folgte; er wollte wissen, wie der Mensch ›funktioniert‹, und wurde so zum Menschenkenner, dem der kleinste Hinweis genügte, um auf Charakterzüge zu schließen. Die kleinen Leute, die im Zentrum seiner Romane stehen, denen er Raum und Sympathie gibt und die er zu Wort kommen lässt, kannte er aufgrund seiner Herkunft genau. Seine Sätze sind imprägniert von Erfahrung und machen sein Werk auch zur Chronik seines Lebens, obwohl er betonte, in seinen Romanen nicht autobiographisch zu schreiben. Er bezeichnete sein Werk als beständige Suche nach dem ›l'homme nu‹, dem »nackten Menschen, der uns allen gemein ist, mit seinen Grund- und Urinstinkten«.

Dass *Der Passagier der Polarlys* das Buch eines Autors ist, der bis zu diesem Zeitpunkt vorwiegend hastig geschriebene Groschenromane und erotische Geschichten verfasst hatte, ist an kleineren Mängeln abzulesen, die sich in späteren Romanen nicht mehr finden: Die Dialoge sind gelegentlich hölzern und dienen oft vorwiegend dazu, die Handlung voranzutreiben, der strukturelle Aufbau hat gewisse Schwächen, die Dramaturgie knirscht vernehmlich. Gleichzeitig ist bereits alles da, was Simenons spätere Romane auszeichnet: Meisterhaft schafft er mit ein, zwei Sätzen Atmosphäre, zeichnet mit wenigen Worten Figuren und evoziert ihre Herkunft und ihren Hintergrund, ohne zu viel von ihnen preiszugeben und ihnen ihr Geheimnis zu nehmen. Die Figuren sind eine Mischung aus Täter und Opfer, ihre Existenz wird durch Instinkte und Triebe vorbestimmt. Und wie die meisten Frauenfiguren seiner späteren Romane hat bereits Katia Storm in *Der Passagier der Polarlys* vor allem die Funktion eines Katalysators für das Schicksal der männlichen Figuren.

Wer aber ist der Passagier, der im Titel angesprochen wird? Der tote Polizeirat? Der verschwundene Schiffsreisende? Oder etwa doch der Dritte Offizier? Georges Simenon verstand die Kunst, mit seinen Buchtiteln, von denen ein geheimnisvolles, magisches Leuchten ausgeht, eine unverwechselbare Atmosphäre zu schaffen und die Neugier der Leser auf sich zu ziehen. In diesem Fall löst er das Rätsel nicht auf.

Als Georges Simenon im September 1972 die Arbeit an einem Roman abbrach, der seine ganze Lebenserfahrung beinhalten sollte, beschloss er, das Schreiben für immer aufzugeben, und ließ in seinem Reisepass »ohne Beruf« eintragen. In seinen Memoiren schrieb er: »Ich jubelte, ich war endlich frei.«

MAIGRET
Band M47

Georges Simenon
Maigret und die kopflose Leiche
Aus dem Französischen von Brigitte Große
224 Seiten, Taschenbuch
ISBN 978-3-455-00754-1
Atlantik Verlag

Als zwei Schiffer einen Arm aus dem Canal Saint-Martin fischen und später weitere Leichenteile auftauchen, steht die
Polizei vor einem Rätsel. Fest steht, bei dem Toten handelt es
sich um einen Mann. Seine Identität allerdings ist unklar, denn
der Kopf bleibt verschwunden. Der Zufall führt Maigret schon
bei seinem ersten Besuch am Tatort in eine Bar, wo ihm die
missmutige Wirtin erzählt, dass ihr Mann seit einigen Tagen
verschollen sei – er wollte aufs Land fahren, Wein kaufen. Ist er
das Opfer? Wie immer verlässt sich Maigret auf seinen Spürsinn,
doch die Uhr tickt, denn Untersuchungsrichter Coméliau drängt
auf Verhaftungen.

»Die große Kunst von Georges Simenon: mit ein paar Sätzen
eine Stimmung von großer Eindringlichkeit zu erzeugen.«
Anne Goebel, Süddeutsche Zeitung